周作人著作

艺术与生活

钟叔河——编订

岳麓书社·长沙

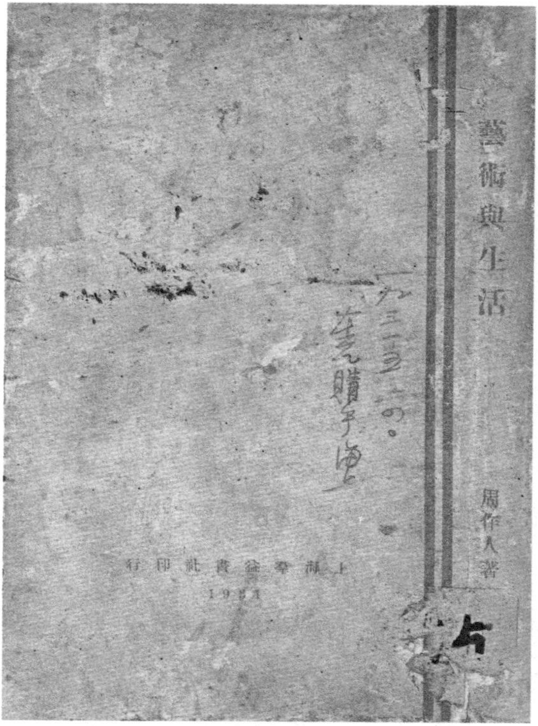

群益本《艺术与生活》

岳麓书社开始重印

周作人著作

人归人，文归文。周作人其人的是非功过是另一问题，其书的主要内容是对传统文化和国民性进行反思，对中国——西方和中国——日本的文化历史进行比较研究，今之读者却不可不读。岳麓书社以编印《知堂书话》《知堂序跋》《知堂杂诗抄》之熟手，已经开始重印周作人的全部著作，1987—88两年内全部出齐，力求：

书价最便宜　　装帧最大方　　校订最精审

“民国”时期尤其是沦陷时期所印书，错字甚多。岳麓书社决定由编审亲任周氏著作的校订，对原印本错字悉予改正，同时仍列出勘误表，记载原有错讹，以便对勘，且示负责。各书均分单本平装、合订精装两种版本，一利卧读，一利庋藏。周氏的集外文和未刊稿，亦正请上海黄裳、北京舒芜、香港黄俊东、新加坡郑子瑜诸先生协助整理，由本社初版印行。特此广告，请读者速向当地新华书店预订。本社即将请各省市书店统一报数。

自己的园地　0.99元
雨天的书　0.90元
泽泻集　0.50元
过去的生命　0.45元
}大32开精装 合订本3.90元

谈龙集　0.90元
谈虎集　1.66元
}大32开精装 合订本3.95元

永日集　0.81元
看云集　0.95元
夜读抄　0.90元
}大32开精装 合订本3.90元

苦茶随笔　0.99元
苦竹杂记　1.05元
风雨谈　0.90元
}大32开精装 合订本4.35元

瓜豆集　0.99元
秉烛谈　0.81元
药堂语录　0.45元
药味集　0.70元
}大32开精装 合订本3.95元

药堂杂文　0.90元
书房一角　0.95元
秉烛后谈　0.80元
}大32开精装 合订本3.60元

苦口甘口　0.85元
立春以前　0.95元
过去的工作　0.54元
知堂乙酉文编　0.75元
}大32开精装 合订本4.00元

知堂回想录　2.90元（精装）4.50元

欧洲文学史　0.78元
艺术与生活　1.25元
儿童文学小论　0.53元
中国新文学的源流　0.55元
}大32开精装 合订本4.00元

〔以下系初版新书，不属重印〕

知堂集外文编（上、下）　7.00元

知堂书话（上、下）　6.00元

知堂序跋　3.20元

知堂杂诗抄　0.80元

儿童杂事诗（丰子恺插图）　1.20元

编者的话

钟叔河

一九八七年一月七日《光明日报》上，岳麓书社刊出了我拟稿的一帧广告（左图），宣布了书社和我对重印周作人著作的观点：

“人归人，文归文。周作人其人的是非功过是另一问题，其书的主要内容是对传统文化和国民性进行反思，对中国—西方和中国—日本的文化历史进行比较研究，今之读者却不可不读。……”

随即便开始出书。既出周作人著作的单行本，也出精装合订本。两年之间，出了二十四种。

书当然不是想出便能出的，得按规矩，走程序。周家授权了，报告批复了，宋木文、杨牧之、伍杰各位领导都当面或来信表示应允和支持了，便能够出了。

出就得出好。当时强调了两条：（一）因为均系据旧本重印，所以一定要认真校订，尽力改正旧本误植失校的错误；（二）因为手稿不存，无法对勘，所以一定要详出校记，改动处一概保留原文，承担责任。

这两条，读者看来大都是认可的。直到如今，在旧书网上，八十年代“岳麓版”的周作人著作，始终都卖得不错。

现在，岳麓书社决定又来重版周作人著作，仍然要我负责编订，做法则一仍其旧。还是这些书，还是这两条，新的广告也就不必再做了。

鄢琨君三十年前和我同编了这些书，此次仍然合作，所有案头工作都是他做，各书重版说明也多是他写的。校记原列表在书末，如今改作尾注。鄢君新增校改之处，标出“鄢校”，特此说明，并志感谢。

二〇一八年五月十五日于长沙。

重版说明

《艺术与生活》，一九三一年二月上海“群益书社”初版，原有序二篇，收文二十一篇。

序一作于一九二六年八月十日，中云：“说这本书是我唯一的长篇的论文集亦未始不可。我以后想只作随笔了。”序二作于一九三〇年十月三十日，云“得书社来信，说不久即将出版，序文寄在陈先生处，而陈先生于上月作古，无从寻觅，嘱为重钞寄去，因此将登在《语丝》九十三期上的序撕下一页寄给书社，不禁想添写几句话在这后面”。添写的四百多字，主要是因陈某去世引起的感叹，印在序一后面便成了序二。

一九三六年十二月，中华书局将《艺术与

生活》列入《现代文学丛刊》重新出版，收文二十一篇还是照旧，序文却只保留序一，没留序二。

本社一九八九年六月据中华本校订印行，此次即据该本加校重版，并将群益本序二补入，与序一合并，成为一篇完整序言。

目　录

自序

一

这一本书是我近十年来的论文集，自一九一七至一九二六年间所作，共二十篇，文章比较地长，态度也比较地正经，我对于文艺与人生的意见大抵在这里边了，所以就题名曰《艺术与生活》。

这里边的文章与思想都是没有成熟的，似乎没有重印出来给人家看的价值，但是我看这也不妨。因为我们印书的目的并不在宣传，去教训说服人，只是想把自己的意思说给人听，无论偏激也好浅薄也好，人家看了知道这大略是怎么一个人，那就够了。至于成熟那自然是好事，不过不可强求，也似乎不是很可羡慕的东西，——成熟就是止境，至少也离止境不远。我如有一点对于人生之爱好，那即是她的永远的流转；到得一个人官能迟钝[①]，希望“打住”的时候，大悲的“死”就来救他脱离此苦，这又是我所有对于死的一点好感。

这集里所表示的，可以说是我今日之前的对于艺术与生活的意见之一部分，至于后来怎样，我可不能知道。但是，总该有点不同罢。其实这在过去也已经可以看出一点来了，如集中一九二四年以后所写的三篇，与以前的论文便略有不同，照我自己想起来，即梦想家与传道者的气味渐渐地有点淡薄下去了。

一个人在某一时期大抵要成为理想派，对于文艺与人生抱着一种什么主义。我以前是梦想过乌托邦的，对于新村有极大的憧憬，在文学上也就有些相当的主张。我至今还是尊敬日本新村的朋友，但觉得这种生活在满足自己的趣味之外恐怕没有多大的觉世的效力，人道主义的文学也正是如此，虽然满足自己的趣味，这便已尽有意思，足为经营这些生活或艺术的理由。以前我所爱好的艺术与生活之某种相，现在我大抵仍是爱好，不过目的稍有转移，以前我似乎多喜欢那边所隐现的主义，现在所爱的乃是在那艺术与生活自身罢了。

此外我也还写些小文章，内容也多是关系这些事情的，只是都是小篇，可以算是别一部类，——在现今这种心情之下，长篇大约是不想写了，所以说这本书是我唯一的长篇的论文集亦未始不可。我以后想只作随笔了。集中有三篇是翻译，但我相信翻译是半创作，也能表示译者的个性，因为真的翻译之制作动机应当完全由于译者与作者之共鸣，所以我就把译文也收入集中，不别列为附录了。

一九二六年八月十日，于北京城西北隅，听着城外的炮声记。

二②

这是四年前所编，由陈芝寿先生经手，交群益书社刊行的书，前日得书社来信，说不久即将出版，序文寄在陈先生处，而陈先生于上月作古，无从寻觅，嘱为重钞寄去，因此将登在《语丝》九十三期上的序撕下一页寄给书社，不禁想添写几句话在这后面。

四年前所编的书现在将出版，而经手的陈先生乃已作古，这很引起我的感叹。我与陈先生虽不曾见过面，但自从《新青年》以后便已知道他，通过好许多次信，我的不成气候的译著——《域外小说集》和这本文集——都承他不弃应允刊行，更是我所感激的。现在这书正将出版而陈先生已不及见，未免令我感得一种寂寞。不过我所觉得更可感叹的或者倒还是在我自己。我在原序上说此后想不写长篇，只拟作随笔，当时有上海的朋友痛加谴责，以为倚老卖老，其实这是实情，是没有办法的事。我本来是无信仰的，不过以前还凭了少年的客气，有时候要高谈阔论地讲话，亦无非是自骗自罢了。近几年来却有了进步，知道自己的真相，由信仰而归于怀疑，这是我的“转变方向”了。不过我并不倚老卖老地消极，我还是很虚心地想多知道一点事情，无论这是关于生活或艺术以至微末到如“河水鬼”这类东西。我现在没有什么要宣传，我只要听要知道。但是，以前这么主张过，却也未始不可让人家知道，反正是随便看看，说得对不对也没有多大关系罢。

民国十九年十月三十日，岂明于北平苦雨斋。

【锺校】

①“钝”原作“纯”。

②原刊初版无此序，据《苦雨斋序跋文》补。

平民的文学

平民文学这四个字，字面上极易误会，所以我们先得解说一回，然后再行介绍。

平民的文学正与贵族的文学相反。但这两样名词，也不可十分拘泥。我们说贵族的平民的，并非说这种文学是专做给贵族或平民看，专讲贵族或平民的生活，或是贵族或平民自己做的，不过说文学的精神的区别，指他普遍与否，真挚与否的区别。

中国现在成了民国，大家都是公民。从前头上顶了一个皇帝，那时“率土之滨，莫非王臣”，大家便同是奴隶，向来没有贵族平民这名称阶级。虽然大奴隶对于小奴隶，上等社会对于下等社会，大有高下，但根本上原是一样的东西。除却当时的境遇不同以外，思想趣味，毫无不同，所以在人物一方面上，分不出什么区别。

就形式上说，古文多是贵族的文学，白话多是平民的文学。但这也不尽如此。古文的著作，大抵偏[1]于部分的、修饰的、享乐的或游戏的，所以确有贵族文学的性质。至于白话，这几种现象，似乎可以没有了。但文学上原有两种分类，白话固然适宜于“人生艺术派”的文学，也未尝不可做“纯艺术派”的文学。纯艺术派以造成纯粹艺术品为艺术唯一之目的，古文的雕章琢句，自然是最相近；但白话也未尝不可雕琢，造成一种部分的修饰的享乐的游戏的文学，那便是虽用白话，也仍然是贵族的文学。譬如古铜铸的钟鼎，现在久已不适实用，只能尊重他是古物，收藏起来；我们日用的器具，要用磁的盘碗了。但铜器现在固不适用，磁的也只是作成盘碗的适用。倘如将可以做碗的磁，烧成了二三尺高的五彩花瓶，或做了一座纯白的观世音，那时我们也只能将他同钟鼎一样珍重收藏，却不能同盘碗一样适用。因为他虽然是一个艺术品，但是一个纯艺术品，不是我们所要求的人生的艺术品。

照此看来，文字的形式上，是不能定出区别，现在再从内容上说。内容的区别，又是如何？上文说过贵族文学形式上的缺点，是偏于部分的、修饰的、享乐的或游戏的；这内容上的缺点，也正如此。所以平民文学应该着重与贵族文学相反的地方，是内容充实，就是普遍与真挚两件事。第一，平民文学应以普通的文体，写普遍的思想与事实。我们不必记英雄豪杰的事业，才子佳人的幸福，只应记载世间普通男女的悲欢成败。因为英雄豪杰才子佳人，是世上不常见的人；普通的男女是大多数，我们也便是其中的一人，所以其事更为普遍，也更为切己。我们不必讲偏重一面的畸形道德，只应讲说人间交互的实行道德。因为真的道德，一定普遍，决不偏枯。天下决无只有在甲应守，在乙不必守的奇怪道德。所以愚忠愚孝，自不消说，即使世间男人多数最喜说的殉节守贞，也不合理，不应提倡。世上既然[②]只有一律平等的人类，自然也有一种一律平等的人的道德。第二，平民文学应以真挚的文体，记真挚的思想与事实。既不坐在上面，自命为才子佳人，又不立在下风，颂扬英雄豪杰，只自认是人类中的一个单体，浑在人类中间，人类的事，便也是我的事。我们说及切己的事，那时心急口忙，只想表出我的真意实感，自然不暇顾及那些雕章琢句了。譬如对众表白意见，虽可略加努力，说得美妙动人，却总不至于诌成一支小曲，唱的十分好听，或编成一个笑话，说得哄堂大笑，却把演说的本意没却了。但既是文学作品，自然应有艺术的美。只须以真为主，美即在其中，这便是人生的艺术派的主张，与以美为主的纯艺术派，所以有别。

平民文学的意义，照上文所说，大略已可明白。还有我所最怕被人误会的两件事，非加说明不可，——

第一，平民文学决不单是通俗文学。白话的平民文学比古文原是更为通俗，但并非单以通俗为唯一之目的。因为平民文学，不是专做给平民看的，乃是研究平民生活——人的生活——的文学。他的目的，并非想将人类的思想趣味，竭力按下，同平民一样，乃是想将平民的生活提高，得到适当的一个地位。凡是先知或引路的人的话，本非全数的人尽能懂得，所以平民的文学，现在也不必个个“田夫野老”都可领会。近来有许多人反对白话，说这总非田夫野老所能了解，不如仍用古文。现在请问，田夫野老大半不懂植物学的，倘说因为他们不能懂，便不如抛了高、宾、球三氏的植物学，去看《本草纲目》，能说是正当办法么？正因为他们不懂，所以要费心力，去启发他。正同植物学应用在农业、药物上一样，文学也须应用在人生上。倘若怕与他们现状不合，一味想迁就，那时植物学者只好照《本草纲目》讲点玉蜀黍性寒，何首乌性温，给他们听，文人也只好编几部《封鬼传》《八侠十义》给他们看，还讲什么“我的”科学观文学观呢?

第二，平民文学决不是慈善主义的文学。在现在平民时代，所有的人都只应守着自立与互助两种道德，没有什么叫慈善。慈善这句话，乃是富贵人对贫贱人所说，正同皇帝的行仁政一样，是一种极侮辱人类的话。平民文学所说，是在研究全体的人的生活，如何能够改进，到正当的方向，决不是说施粥施棉衣的事。平民的文学者，见了一个乞丐，决不是单给他一个铜子，便安心走过；捉住了一个贼，也决不是单给他一元钞票放了，便安心睡下。他照常未必给一个铜子或一元钞票，但他有他心里的苦闷，来酬付他受苦或为非的同类的人。他所注意的，不单是这一人缺一个铜子或一元钞票的事，乃是对于他自己的，与共同的人类的运命。他们用一个铜子或用一元钞票，赎得心的苦闷的人，已经错了。他们用一个铜子或一元钞票，买得心的快乐的人，更是不足道了。伪善的慈善主义，根本里全藏着傲慢与私利，与平民文学的精神，绝对不能相容，所以也非排除不可。

在中国文学中，想得上文所说理想的平民文学，原极为难。因为中国所谓文学的东西，无一不是古文。被挤在文学外的章回小说几十种，虽是白话，却都含着游戏的夸张的分子，也够不上这资格。只有

《红楼梦》要算最好，这书虽然被一班无聊文人学坏成了《玉梨魂》派的范本，但本来仍然是好。因为他能写出中国家庭中的喜剧悲剧，到了现在，情形依旧不改，所以耐人研究。在近时著作中，举不出什么东西，还只是希望将来的努力，能翻译或造作出几种有价值有生命的文学作品。

一九一八年十二月二十日。

【锺校】

①“偏”原作“遍”。

②“然”原作“虽”。

人的文学

我们现在应该提倡的新文学，简单的说一句，是“人的文学”。应该排斥的，便是反对的非人的文学。

新旧这名称，本来很不妥当，其实“太阳底下何尝有新的东西”？思想道理，只有是非，并无新旧。要说是新，也单是新发见的新，不是新发明的新。“新大陆”是在十五世纪中，被哥仑布发见，但这地面是古来早已存在。电是在十八世纪中，被弗兰克林发见，但这物事也是古来早已存在。无非以前的人，不能知道，遇见哥仑布与弗兰克林才把他看出罢了。真理的发见，也是如此。真理永远存在，并无时间的限制，只因我们自己愚昧，闻道太迟，离发见的时候尚近，所以称他新。其实他原是极古的东西，正如新大陆同电一般，早在这宇宙之内，倘若将他当作新鲜果子，时式衣裳一样看待，那便大错了。譬如现在说“人的文学”，这一句话，岂不也像时髦。却不知世上生了人，便同时生了人道。无奈世人无知，偏不肯体人类的意志，走这正路，却迷入兽道鬼道里去，旁皇了多年，才得出来。正如人在白昼时候，闭着眼乱闯，末后睁开眼睛，才晓得世上有这样好阳光；其实太阳照临，早已如此，已有了许多年代了。

欧洲关于这“人”的真理的发见，第一次是在十五世纪，于是出了宗教改革与文艺复兴两个结果。第二次成了法国大革命，第三次大约便是欧战以后将来的未知事件了。女人与小儿的发见，却迟至十九世纪，才有萌芽。古来女人的位置，不过是男子的器具与奴隶。中古时代，教会里还曾讨论女子有无灵魂，算不算得一个人呢。小儿也只是父母的所有品，又不认他是一个未长成的人，却当他作具体而微的成人，因此又不知演了多少家庭的与教育的悲剧。自从弗罗培尔（Froebel）与戈特文（Godwin）夫人以后，才有光明出现。到了现在，造成儿童学与女子问题这两个大研究，可望长出极好的结果来。中国讲到这类问题，却须从头做起，人的问题，从来未经解决，女人小儿更不必说了。如今第一步先从人说起，生了四千馀年，现在却还讲人的意义，从新要发见“人”，去“辟人荒”，也是可笑的事。但老了再学，总比不学该胜一筹罢。我们希望从文学上起首，提倡一点人道主义思想，便是这个意思。

我们要说人的文学，须得先将这个人字，略加说明。我们所说的人，不是世间所谓“天地之性最贵”，或“圆颅方趾”的人。乃是说，“从动物进化的人类”。其中有两个要点，（一）“从动物”进化的，（二）从动物“进化”的。

我们承认人是一种生物。他的生活现象，与别的动物并无不同。所以我们相信人的一切生活本能，都是美的善的，应得完全满足。凡有违反人性不自然的习惯制度，都应该排斥改正。

但我们又承认人是一种从动物进化的生物。他的内面生活，比别的动物更为复杂高深，而且逐渐向上，有能够改造生活的力量。所以我们相信人类以动物的生活为生存的基础，而其内面生活，却渐与动物相远，终能达到高上和平的境地。凡兽性的馀留，与古代礼法可以阻碍人性向上的发展者，也都应该排斥改正。

这两个要点，换一句话说，便是人的灵肉二重的生活。古人的思想，以为人性有灵肉二元，同时并存，永相冲突。肉的一面，是兽性的遗传；灵的一面，是神性的发端。人生的目的，便偏重在发展这神性；其手段，便在灭了体质以救灵魂。所以古来宗教，大都厉行禁欲主义，有种种苦行，抵制人类的本能。一方面却别有不顾灵魂的快乐派，只愿“死便埋我”。其实两者都是趋于极端，不能说是人的正当生活。到了近世，才有人看出这灵肉本是一物的两面，并非对抗的二元。兽性与神性，合起来便只是人性。英国十八世纪诗人勃莱克（Blake）在《天国与地狱的结婚》一篇中，说得最好：

（一）人并无与灵魂分离的身体。因这所谓身体者，原止是五官所能见的一部分的灵魂。

（二）力是唯一的生命，是从身体发生的。理就是力的外面的界。

（三）力是永久的悦乐。

他这话虽然略含神秘的气味，但很能说出灵肉一致的要义。我们所信的人类正当生活，便是这灵肉一致的生活。所谓从动物进化的人，也便是指这灵肉一致的人，无非用别一说法罢了。

这样“人”的理想生活，应该怎样呢？首先便是改良人类的关系。彼此都是人类，却又各是人类的一个。所以须营一种利己而又利他，利他即是利己的生活。第一，关于物质的生活，应该各尽人力所及，取人事所需。换一句话，便是各人以心力的劳作，换得适当的衣食住与医药，能保持健康的生存。第二，关于道德的生活，应该以爱智信勇四事为基本道德，革除一切人道以下或人力以上的因袭的礼法，使人人能享自由真实的幸福生活。这种“人的”理想生活，实行起来，实于世上的人无一不利。富贵的人虽然觉得不免失了他的所谓尊严，但他们因此得从非人的生活里救出，成为完全的人，岂不是绝大的幸福么？这真可说是二十世纪的新福音了。只可惜知道的人还少，不能立地实行。所以我们要在文学上略略提倡，也稍尽我们爱人类的意思。

但现在还须说明，我所说的人道主义，并非世间所谓“悲天悯人”或“博施济众”的慈善主义，乃是一种个人主义的人间本位主义。这理由是，第一，人在人类中，正如森林中的一株树木。森林盛了，各树也都茂盛。但要森林盛，却仍非靠各树各自茂盛不可。第二，个人爱人类，就只为人类中有了我，与我相关的缘故。墨子说，“爱人不外己，己在所爱之中”，便是最透彻的话。上文所谓利己而又利他，利他即是利己，正是这个意思。所以我说的人道主义，是从个人做起。要讲人道，爱人类，便须先使自己有人的资格，占得人的位置。耶稣说：“爱邻如己。”如不先知自爱，怎能“如己”的爱别人呢？至于无我的爱，纯粹的利他，我以为是不可能的。人为了所爱的人，或所信的主义，能够有献身的行为。若是割肉饲鹰，投身给饿虎吃，那是超人间的道德，不是人所能为的了。

用这人道主义为本，对于人生诸问题，加以记录研究的文字，便谓之人的文学。其中又可以分作两项：（一）是正面的，写这理想生活，或人间上达的可能性；（二）是侧面的，写人的平常生活，或非人的生活，都很可以供研究之用。这类著作，分量最多，也最重要。因为我们可以因此明白人生实在的情状，与理想生活比较出差异与改善的方法。这一类中写非人的生活的文学，世间每每误会，与非人的文学相溷，其实却大有分别。譬如法国莫泊三（Maupassant）的小说《一生》（*Une Vie*），是写人间兽欲的人的文学；中国的《肉蒲团》却是非人的文学。俄国库普林（Kuprin）的小说《坑》（*Jama*），是写娼妓生活的人的文学；中国的《九尾龟》却是非人的文学。这区别就只在著作的态度不同：一个严肃；一个游戏。一个希望人的生活，所以对于非人的生活，怀着悲哀或愤怒；一个安于非人的生活，所以对于非人的生活，感着满足，又多带些玩弄与挑拨的形迹。简明说一句，人的文学与非人的文学的区别，便在著作的态度，是以人的生活为是呢，非人的生活为是呢这一点上。材料方法，别无关系。即如提倡女人殉葬——即殉节——的文章，表面上岂不说是“维持风教”；但强迫人自杀，正是非人的道德，所以也是非人的文学。中国文学中，人的文学本来极少。从儒教道教出来的文章，几乎都不合格。现在我们单从纯文学上举例如：

（一）色情狂的淫书类

（二）迷信的鬼神书类（《封神传》《西游记》等）

（三）神仙书类（《绿野仙踪》等）

（四）妖怪书类（《聊斋志异》《子不语》等）

（五）奴隶书类（甲种主题是皇帝状元宰相，乙种主题是神圣的父与夫）

（六）强盗书类（《水浒》《七侠五义》《施公案》等）

（七）才子佳人书类（《三笑姻缘》等）

（八）下等谐谑书类（《笑林广记》等）

（九）黑幕类

（十）以上各种思想和合结晶的旧戏

这几类全是妨碍人性的生长，破坏人类的平和的东西，统应该排斥。这宗著作，在民族心理研究上，原都极有价值。在文艺批评上，也有几种可以容许。但在主义上，一切都该排斥。倘若懂得道理，识力已定的人，自然不妨去看。如能研究批评，便于世间更为有益，我们也极欢迎。

人的文学，当以人的道德为本，这道德问题方面很广，一时不能细说。现在只就文学关系上，略举几项。譬如两性的爱，我们对于这事，有两个主张：(一）是男女两本位的平等，（二）是恋爱的结婚。世间著作，有发挥这意思的，便是绝好的人的文学。如诺威伊孛生[①]（Ibsen）的戏剧《娜拉》（*Et Dukkehjem*）、《海女》（*Fruen fra Havet*），俄国托尔斯泰（Tolstoj）的小说 *Anna Karenina*，英国哈兑（Hardy）的小说《台斯》（*Tess*）等就是。恋爱起原，据芬阑学者威思德马克（Westermarck）说，由于“人的对于与我快乐者的爱好”。却又如奥国卢闿（Lucke）说，因多年心的进化，渐变了高上的感情。所以真实的爱与两性的生活，也须有灵肉二重的一致。但因为现世社会境势所迫，以致偏于一面的，不免极多。这便须根据人道主义的思想，加以记录研究。却又不可将这样生活，当作幸福或神圣，赞美提倡。中国的色情狂的淫书，不必说了。旧基督教的禁欲主义的思想，我也不能承认他为是。又如俄国陀思妥也夫斯奇（Dostojevskij）是伟大的人道主义的作家。但他在一部小说中，说一男人爱一女子，后来女子爱了别人，他却竭力斡旋，使他们能够配合。陀思妥也夫斯奇自己，虽然言行竟是一致，但我们总不能承认这种种行为，是在人情以内，人力以内，所以不愿提倡。又如印度诗人泰戈尔（Tagore）做的小说，时时颂扬东方思想。有一篇记一寡妇的生活，描写他的“心的撒提（Suttee）”（撒提是印度古语，指寡妇与他丈夫的尸体一同焚化的习俗），又一篇说一男人弃了他的妻子，在英国别娶，他的妻子，还典卖了金珠宝玉，永远的接济他。一个人如有身心的自由，以自由别择，与人结了爱，遇着生死的别离，发生自己牺牲的行为，这原是可以称道的事。但须全然出于自由意志，与被专制的因袭礼法逼成的动作，不能并为一谈。印度人身的撒[2]提，世间都知道是一种非人道的习俗，近来已被英国禁止。至于人心的撒提，便只是一种变相。一是死刑，一是终身监禁。照中国说，一是殉节，一是守节，原来撒提这字，据说在梵文，便正是节妇的意思。印度女子被“撒提”了几千年，便养成了这一种畸形的贞顺之德。讲东方化的，以为是国粹，其实只是不自然的制度习惯的恶果。譬如中国人磕头惯了，见了人便无端的要请安拱手作揖，大有非跪不可之意，这能说是他的谦和美德么？我们见了这种畸形的所谓道德，正如见了塞在坛子里养大的、身子像萝卜形状的人，只感着恐怖嫌恶悲哀愤怒种种感情，决不该将他提倡，拿他赏赞。

其次如亲子的爱。古人说，父母子女的爱情，是“本于天性”，这话说得最好。因他本来是天性的爱，所以用不着那些人为的束缚，妨害他的生长。假如有人说，父母生子，全由私欲，世间或要说他不道。今将他改作由于天性，便极适当。照生物现象看来，父母生子，正是自然的意志。有了性的生活，自然有生命的延续，与哺乳的努力，这是动物无不如此。到了人类，对于恋爱的融合，自我的延长，更有意识，所以亲子的关系，尤为深厚。近时识者所说儿童的权利，与父母的义务，便即据这天然的道理推演而出，并非时新的东西。至于世间无知的父母，将子女当作所有品，牛马一般养育，以为养大以后，可以随便吃他骑他，那便是退化的谬误思想。英国教育家戈思德（Gorst）称他们为“猿类之不肖子”，正不为过。日本津田左右吉著《文学上国民思想的研究》卷一说：“不以亲子的爱情为本的孝行观念，又与祖先为子孙而生存的生物学的普遍事实，人为将来而努力的人间社会的实际状态，俱相违反，却认作子孙为祖先而生存，如此道德中，显然含有不自然的分子。”祖先为子孙而生存，所以父母理应爱重子女，子女也就应该爱敬父母。这是自然的事实，也便是天性。文学上说这亲子的爱的，希腊诃美罗斯（Homeros）史诗《伊理亚斯》（*Ilias*）与欧里毕兑斯（Euripides）悲剧《德罗夜兑斯》（*Troiades*）中，说赫克多尔（Hektor）夫妇与儿子的死别两节，在古文学中，最为美妙。近来诺威伊孛生的《群鬼》（*Gengangere*），德国士兑曼（Sudermann）的戏剧《故乡》（*Heimat*），俄国屠盖[③]涅夫（Turgenjev）的小说《父子》（*Ottsy i djeti*）等，都很可以供我们的研究。至于郭巨埋儿、丁兰刻木那一类残忍迷信的行为，当然不应再行赞扬提倡。割股一事，尚是魔术与食人风俗的遗留，自然算不得道德，不必再叫他溷入文学里，更不消说了。

照上文所说，我们应该提倡与排斥的文学，大致可以明白了。但关于古今中外这一件事上，还须追加一句说明，才可免了误会。我们对于主义相反的文学，并非如胡致堂或乾隆做史论，单依自己的成见，将古今人物排头骂倒。我们立论，应抱定“时代”这一个观念，又将批评与主张，分作两事。批评古人的著作，便认定他们的时代，给他一个正直的评价，相应的位置。至于宣传我们的主张，也认定我们的时代，不能与相反的意见通融让步，唯有排斥的一条方法。譬如原始时代，本来只有原始思想，行魔术食人肉，原是分所当然。所以关于这宗风俗的歌谣故事，我们还要拿来研究，增点见识。但如近代社会中，竟还有想实行魔术食人的人，那便只得将他捉住，送进精神病院去了。其次，对于中外这个问题，我们也只须抱定时代这一个观念，不必再划出什么别的界限。地理上历史上，原有种种不同，但世界交通便了，空气流通也快了，人类可望逐渐接近，同一时代的人，便可相并存在。单位是个我，总数是个人。不必自以为与众不同，道德第一，划出许多畛域。因为人总与人类相关，彼此一样，所以张三李四受苦，与彼得约翰受苦，要说与我无关，便一样无关；说与我相关，也一样相关。仔细说，便只为我与张三李四或彼得约翰虽姓名不同，籍贯不同，但同是人类之一，同具感觉性情。他以为苦的，在我也必以为苦。这苦会降在他身上，也未必不能降在我的身上。因为人类的运命是同一的，所以我要顾虑我的运命，便同时须顾虑人类共同的运命。所以我们只能说时代，不能分中外。我们偶有创作，自然偏于见闻较确的中国一方面，其馀大多数都还须绍介译述外国的著作，扩大读者的精神，眼里看见了世界的人类，养成人的道德，实现人的生活。

一九一八年十二月七日。

【锺校】

①“生”原作“然”，下同。

②“撒”原作“撤”。

③“屠盖”原作“都介”，改使全书统一。

新文学的要求

一九二〇年一月六日在北平少年学会讲演

今日承贵会招我讲演，实在是我的光荣。现在想将我对于新文学的要求，略说几句。从来对于艺术的主张，大概可以分作两派：一是艺术派，一是人生派。艺术派的主张，是说艺术有独立的价值，不必与实用有关，可以超越一切功利而存在。艺术家的全心只在制作纯粹的艺术品上，不必顾及人世的种种问题：譬如做景泰蓝或雕玉的工人，能够做出最美丽精巧的美术品，他的职务便已尽了，于别人有什么用处，他可以不问了。这"为什么而什么"的态度，固然是许多学问进步的大原因；但在文艺上，重技工而轻情思，妨碍自己表现的目的，甚至于以人生为艺术而存在，所以觉得不甚妥当。人生派说艺术要与人生相关，不承认有与人生脱离关系的艺术。这派的流弊，是容易讲到功利里边去，以文艺为伦理的工具，变成一种坛上的说教。正当的解说，是仍以文艺为究极的目的；但这文艺应当通过了著者的情思，与人生有接触。换一句话说，便是著者应当用艺术的方法，表现他对于人生的情思，使读者能得艺术的享乐与人生的解释。这样说来，我们所要求的当然是人生[①]的艺术派的文学。在研究文艺思想变迁的人，对于各时代各派别的文学，原应该平等看待，各各还他一个本来的位置；但在我们心想创作文艺，或从文艺上得到精神的粮食的人，却不能不决定趋向，免得无所适从：所以我们从这两派中，就取了人生的艺术派。但世间并无绝对的真理，这两派的主张都各自有他的环境与气质的原因；我们现在的取舍，也正逃不脱这两个原因的作用，这也是我们应该承认的。如欧洲文学在十九世纪中经过了传奇主义与写实主义两次的大变动，俄国文学总是一种理想的写实主义：这便因俄国人的环境与气质的关系，不能撇开了社会的问题，趋于主观与客观的两极端。我们称述人生的文学，自己也以为是从学理上立论，但事实也许还有下意识的作用；背着过去的历史，生在现今的境地，自然与唯美及快乐主义不能多有同情。这感情上的原因，能使理性的批判更为坚实，所以我相信人生的文学实在是现今中国唯一的需要。

人生的文学是怎么样的呢？据我的意见，可以分作两项说明：

一，这文学是人生的；不是兽性的，也不是神性的。

二，这文学是人类的，也是个人的；却不是种族的，国家的，乡土及家族的。

关于第一项，我曾做了一篇《人的文学》略略说过了，大旨从生物学的观察上，认定人类是进化的动物；所以人的文学也应该是人间本位主义的。因为原来是动物，故所有共通的生活本能，都是正当的，美的善的；凡是人情以外人力以上的，神的属性，不是我们的要求。但又因为是进化的，故所有已经淘汰，或不适于人的生活的，兽的属性，也不愿他复活或保留，妨害人类向上的路程。总之是要还他一个适如其分的人间性，也不要多，也不要少就是了。

我们从这文学的主位的人的本性上，定了第一项的要求，又从文学的本质上，定了这第二项的要求。人间的自觉，还是近来的事，所以人性的文学也是百年内才见发达，到了现代可算是兴盛了。文学上人类的倾向，却原是历史上的事实；中间经过了几多变迁，从各种阶级的文艺又回到平民的全体的上面来，但又加了一重个人的色彩：这是文艺进化上的自然的结果，与原始的文学不同的地方，也就在这里了。

关于文学的意义，虽然诸家的议论各各有点出入；但就文艺起源上论他的本质，我想可以说是作者的感情的表现。《诗序》里有一节话，虽是专说诗的起源的，却可以移来作上文的说明：

> 情动于中而形于言；言之不足，故咏歌之；咏歌之不足，故嗟叹之；嗟叹之不足，故不知手之舞之，足之蹈之。

我们考察希腊古代的颂歌（Hymn）史诗（Epic）戏曲（Drama）发达的历史，觉得都是这样情形。上古时代生活很简单，人的感情思想也就大体一致，不出保存生活这一个范围；那时个人又消纳在族类里面，没有独立表现的机会：所以原始的文学都是表现一团体的感情的作品。譬如戏曲的起源是由于一种祭赛，仿佛中国从前的迎春。这时候大家的感情，都会集在期望春天的再生这一点上：这期望的原因，就在对于生活资料缺乏的忧虑。这忧虑与期待的“情”实在迫切了，自然而然的发为言动，在仪式上是一种希求的具体的表现，也是实质的祈祷，在文学上便是歌与舞的最初的意义了。后来的人将歌舞当作娱乐的游戏的东西，却不知道他原来是人类的关系生命问题的一种宗教的表示。我们原不能说事物的原始的意义，定是正当的界说，想叫化学回到黄白术去；但我相信在文艺上这意义还是一贯，不但并不渐走渐远，而且反有复原的趋势：所以我们于这文学史上的回顾，也不能不相当的注意，但是几千年的时间，夹在中间，使这两样相似的趋势，生了多少变化；正如现代的共产生活已经不是古代的井田制度了。古代的人类的文学，变为阶级的文学；后来阶级的范围逐渐脱去，于是归结到个人的文学，也就是现代的人类的文学了。要明白这意思，墨子说的“己在所爱之中”这一句话，最注解得好。浅一点说，我是人类之一；我要幸福，须得先使人类幸福了，才有我的分：若更进一层，那就是说我即是人类。所以这个人与人类的两重的特色，不特不相冲突，而且反是相成的。古代的个人消纳在族类的里面，个人的简单的欲求都是同类所共具的，所以便将族类代表了个人。现代的个人虽然原也是族类的一个，但他的进步的欲求，常常超越族类之先，所以便由他代表了族类了。譬如怕死这一种心理，本是人类共通的本性：写这种心情的歌诗，无论出于群众，出于个人，都可互相了解，互相代表，可以称为人类的文学了。但如爱自由，求幸福，这虽然也是人类所共具的，但因为没有十分迫切，在群众每每忍耐过去了；先觉的人却叫了出来，在他自己虽然是发表个人的感情，个人的欲求，但他实在也替代了他以外的人类发表了他们自己暂时还未觉到，或没有才力能够明白说出的感情与欲求了。还有一层与古代不同的地方，便是古代的文学纯以感情为主，现代却加上了多少理性的调剂。许多重大问题，经了近代的科学的大洗礼，理论上都能得到了解决。如种族国家这些区别，从前当作天经地义的，现在知道都不过是一种偶像。所以现代觉醒的新人的主见，大抵是如此："我只承认大的方面有人类，小的方面有我，是真实的。"人类里边有皮色不同，习俗不同的支派，正与国家地方家族里有生理、心理上不同的分子一样，不是可以认为异类的铁证。我想这种种界限的起因，是由于利害的关系，与神秘的生命上的连络的感情。从前的人以为非损人不能利己，所以连合关系密切的人，组织一个攻守同盟；现在知道了人类原是利害相共的，并不限定一族一国，而且利己利人，原只是一件事情，这个攻守同盟便变了人类对自然的问题了。从前的人从部落时代的"图腾"思想，引伸到近代的民族观念，这中间都含有血脉的关系；现在又推上去，认定大家都是从"人"（Anthropos）这一个图腾出来的，虽然后来住在各处，异言异服，觉得有点隔膜，其实原是同宗。这样的大人类主义，正是感情与理性的调和的出产物，也就是我们所要求的人道主义的文学的基调。

这人道主义的文学，我们前面称他为人生的文学，又有人称为理想主义的文学；名称尽有异同，实质终是一样，就是个人以人类之一的资格，用艺术的方法表现个人的感情，代表人类的意志，有影响于人间生活幸福的文学。所谓人类的意志这一句话，似乎稍涉理想；但我相信与近代科学的研究也还没有什么冲突：至于他的内容，我们已经在上文分两项说过，此刻也不再说了。这新时代的文学家，是“偶像破坏者”。但他还有他的新宗教，——人道主义的理想是他的信仰，人类的意志便是他的神。

【锺校】

①原无“生”字，今增。

儿童的文学

一九二〇年十月二十六日在北平孔德学校讲演

今天所讲儿童的文学，换一句话便是“小学校里的文学”。美国的斯喀特尔（H. E. Scudder）麦克林托克（P. L. Maclintock）诸人都有这样名称的书，说明文学在小学教育上的价值，他们以为儿童应该读文学的作品，不可单读那些商人杜撰的读本。读了读本，虽然说是识字了，却不能读书，因为没有读书的趣味。这话原是不错，我也想用同一的标题，但是怕要误会，以为是主张叫小学儿童读高深的文学作品，所以改作今称，表明这所谓文学，是单指“儿童的”文学。

以前的人对于儿童多不能正当理解，不是将他当作缩小的成人，拿“圣经贤传”尽量的灌下去，便将他看作不完全的小人，说小孩懂得甚么，一笔抹杀，不去理他。近来才知道儿童在生理心理上，虽然和大人有点不同，但他仍是完全的个人，有他自己的内外两面的生活。儿童期的二十几年的生活，一面固然是成人生活的预备，但一面也自有独立的意义与价值；因为全生活只是一个生长，我们不能指定哪一截的时期，是真正的生活。我以为顺应自然生活各期，——生长，成熟，老死，都是真正的生活。所以我们对于误认儿童为缩小的成人的教法，固然完全反对，就是那不承认儿童的独立生活的意见，我们也不以为然。那全然蔑视的不必说了，在诗歌里鼓吹合群，在故事里提倡爱国，专为将来设想，不顾现在儿童生活的需要的办法，也不免浪费了儿童的时间，缺损了儿童的生活。我想儿童教育，是应当依了他内外两面的生活的需要，适如其分的供给他，使他生活满足丰富，至于因了这供给的材料与方法而发生的效果，那是当然有的副产物，不必是供给时的唯一目的物。换一句话说，因为儿童生活上有文学的需要，我们供给他，便利用这机会去得一种效果，——于儿童将来生活上有益的一种思想或习性，当作副产物，并不因为要得这效果，便不管儿童的需要如何，供给一种食料，强迫他吞下去。所以小学校里的文学的教材与教授，第一须注意于“儿童的”这一点，其次才是效果，如读书的趣味，智情与想像的修养等。

儿童生活上何以有文学的需要？这个问题，只要看文学的起源的情形，便可以明白。儿童哪里有自己的文学？这个问题，只要看原始社会的文学的情形，便可以明白。照进化说讲来，人类的个体发生原来和系统发生的程序相同：胚胎时代经过生物进化的历程，儿童时代又经过文明发达的历程；所以儿童学（Paidologie）上的许多事项，可以借了人类学（Anthropologie）上的事项来作说明。文学的起源，本由于原人的对于自然的畏惧与好奇，凭了想像，构成一种感情思想，借了言语行动表现出来，总称是歌舞，分起来是歌、赋与戏曲小说。儿童的精神生活本与原人相似，他的文学是儿歌童话，内容形式不但多与原人的文学相同，而且有许多还是原始社会的遗物，常含有野蛮或荒唐的思想。儿童与原人的比较，儿童的文学与原始的文学的比较，现在已有定论，可以不必多说；我们所要注意的，只是在于怎么样能够适当的将“儿童的”文学供给与儿童。

近来有许多人对于儿童的文学，不免怀疑，因为他们觉得儿歌童话里多有荒唐乖谬的思想，恐于儿童有害。这个疑惧本也不为无理，但我们有这两种根据，可以解释他：

第一，我们承认儿童有独立的生活，就是说他们内面的生活与大人不同，我们应当客观地理解他们，并加以相当的尊重。婴儿不会吃饭，只能给他乳吃；不会走路，只好抱他：这是大家都知道的。精神上的情形，也正同这个一样。儿童没有一个不是拜物教的，他相信草木能思想，猫狗能说话，正是当然的事；我们要纠正他，说草木是植物猫狗是动物，不会思想或说话，这事不但没有什么益处，反是有害的，因为这样使他们的生活受了伤了。即使不说儿童的权利那些话，但不自然的阻遏了儿童的想像力，也就所失很大了。

第二，我们又知道儿童的生活，是转变的生长的。因为这一层，所以我们可以放胆供给儿童需要的歌谣故事，不必愁他有什么坏的影响。但因此我们又更须细心斟酌，不要使他停滞，脱了正当的轨道。譬如婴儿生了牙齿可以吃饭，脚力强了可以走路了，却还是哺乳提抱，便将使他的胃肠与脚的筋肉反变衰弱了。儿童相信猫狗能说话的时候，我们便同他们讲猫狗说话的故事，不但要使得他们喜悦，也因为知道这过程是跳不过的——然而又自然的会推移过去的，所以相当的对付了，等到儿童要知道猫狗是什么东西的时候到来，我们再可以将生物学的知识供给他们。倘若不问儿童生活的转变如何，只是始终同他们讲猫狗说话的事，那时这些荒唐乖谬的弊害才真要出来了。

据麦克林托克说，儿童的想像如被迫压，他将失了一切的兴味，变成枯燥的唯物的人；但如被放纵，又将变成梦想家，他的心力都不中用了。所以小学校里的正当的文学教育，有这样[①]三种作用：（1）顺应满足儿童之本能的兴趣与趣味；（2）培养并指导那些趣味；（3）唤起以前没有的新的兴趣与趣味。这（1）便是我们所说的供给儿童文学的本意，（2）与（3）是利用这机会去得一种效果。但怎样才能恰当的办到呢？依据儿童心理发达的程序与文学批评的标准，于教材选择与教授方法上，加以注意，当然可以得到若干效果。教授方法的话可以不必多说了，现在只就教材选择上，略略说明以备参考。

儿童学上的分期，大约分作四期，一婴儿期（一至三岁），二幼儿期（三至十），三少年期（十至十五），四青年期（十五至二十）。我们现在所说的是学校里一年至六年的儿童，便是幼儿期及少年期的前半，至于七年以上所谓中学程度的儿童，这回不暇说及，当俟另外有机会再讲了。

幼儿期普通又分作前后两期，三至六岁为前期，又称幼稚园时期，六至十为后期，又称初等小学时期。前期的儿童，心理的发达上最旺盛的是感觉作用，其他感情意志的发动也多以感觉为本，带着冲动的性质。这时期的想像，也只是所动的，就是联想的及模仿的两种，对于现实与虚幻，差不多没有什么区别。到了后期，观察与记忆作用逐渐发达，得了各种现实的经验，想像作用也就受了限制，须与现实不相冲突，才能容纳；若表现上面，也变了主动的，就是所谓构成的想像了。少年期的前半大抵也是这样，不过自我意识更为发达，关于社会道德等的观念，也渐明白了。

约略根据了这个程序，我们将各期的儿童的文学分配起来，大略如下：

幼儿前期

（1）诗歌　这时期的诗歌，第一要注意的是声调。最好是用现有的儿歌，如北平的“水牛儿”“小耗子”都可以用，就是那趁韵而成的如“忽听门外人咬狗”，咒语一般的决择歌如“铁脚斑斑”，只要音节有趣，也是一样可用的。因为幼儿唱歌只为好听，内容意义不甚紧要，但是粗俗的歌词也应该排斥，所以选择诗歌，不必积极的罗致名著，只须消极加以别择便好了。古今诗里有适宜的，当然可用；但特别新做的儿歌，我反不大赞成，因为这是极难的，难得成功的。

（2）寓言　寓言实在只是童话的一种，不过略为简短，又多含[②]着教训的意思，普通就称作寓言。在幼儿教育上，他的价值单在故事的内容，教训实是可有可无；倘这意义是自明的，儿童自己能够理会，原也很好，如借此去教修身的大道理，便不免背[③]谬了。这不但因为在这时期教了不能了解，且恐要养成曲解的癖，于将来颇有弊病。象征的著作须得在少年期的后期（第六七学年）去读，才有益处。

（3）童话　童话也最好利用原有的材料，但现在的尚未有人收集，古书里的须待修订，没有恰好的童话集可用。翻译别国的东西，也是一法，只须稍加审择便好。本来在童话里，保存着原始的野蛮的思想制度，比别处更多。虽然我们说过儿童是小野蛮，喜欢荒唐乖谬的故事，本是当然，但有几种也不能不注意：就是凡过于悲哀、苦痛、残酷的，不宜采用。神怪的事只要不过恐怖的限度，总还无妨；因为将来理智发达，儿童自然会不再相信这些，若是过于悲哀或痛苦，便永远在脑里留下一个印象，不会消灭，于后来思想上很有影响；至于残酷的害，更不用说了。

幼儿后期

（1）诗歌　这期间的诗歌不只是形式重要，内容也很重要了；读了固然要好听，还要有意思，有趣味。儿歌也可应用，前期读过还可以重读，前回听他的音，现在认他的文字与意义，别有一种兴趣。文学的作品倘有可采用的，极为适宜，但恐不很多。如选取新诗，须择叶韵而声调和谐的；但有词调小曲调的不取，抽象描写或讲道理的也不取。儿童是最能创造而又最是保守的；他们所喜欢的诗歌，恐怕还是五七言以前的声调，所以普通的诗难得受他们的赏鉴；将来的新诗人能够超越时代，重新寻到自然的音节，那时真正的新的儿歌才能出现了。

（2）童话　小学的初年还可以用普通的童话，但是以后儿童辨别力渐强，对于现实与虚幻已经分出界限，所以童话里的想像也不可太与现实分离；丹麦安兑尔然（Hans C. Andersen）作的童话集里，有许多适用的材料。传说也可以应用，但应当注意，不可过量的鼓动崇拜英雄的心思，或助长粗暴残酷的行为。中国小说里的《西游记》讲神怪的事，却与《封神传》不同，也算纯朴率真，有几节可以当童话用。《今古奇观》等书里边，也有可取的地方，不过须加以修订才能适用罢了。

（3）天然故事　这是寓言的一个变相；以前读寓言是为他的故事，现在却是为他所讲的动物生活。儿童在这时期，好奇心很是旺盛，又对于牧畜及园艺极热心，所以给他读这些故事，随后引到记述天然的著作，便很容易了。但中国这类著作非常缺少，不得不取材于译书，如《万物一览》等书了。

少年期

（1）诗歌　浅近的文言可以应用，如唐代的乐府及古诗里多有好的材料；中国缺少叙事的民歌（Ballad），只有《孔雀东南飞》等儿篇可以算得佳作，《木兰行》便不大适用。这时期的儿童对于普通的儿歌，大抵已经没有什么趣味了。

（2）传说　传说与童话相似，只是所记的是有名英雄，虽然也含有空想的分子，比较的近于现实。在自我意识团体精神渐渐发达的时期，这类故事，颇为合宜；但容易引起不适当的英雄崇拜与爱国心，极须注意。最好采用各国的材料，使儿童知道人性里共通的地方，可以免去许多偏见。奇异而有趣味的，或真切而合于人情的，都可采用；但讲明太祖那颇仑等的故事，还以不用为宜。

（3）写实的故事　这与现代的写实小说不同，单指多含现实分子的故事，如欧洲的《鲁滨孙》（*Robinson Crusoe*）或《吉诃德先生》（*Don Quixote*）而言。

中国的所谓社会小说里，也有可取的地方，如《儒林外史》及《老残游记》之类，纪事叙景都可，只不要有玩世的口气，也不可有夸张或感伤的“杂剧的”气味。《官场现形记》与《广陵潮》没有什么可取，便因为这个缘故。

（4）寓言　这时期的教寓言，可以注意在意义，助成儿童理智的发达。希腊及此外欧洲寓言作家的作品，都可选用；中国古文及佛经里也有许多很好的譬喻。但寓言的教训，多是从经验出来，不是凭理论的，所以尽有顽固或背谬的话，用时应当注意；又篇末大抵附有训语，可以删去，让儿童自己去想，指定了反妨害他们的活动了。滑稽故事此时也可以用，童话里本有这一部类，不过用在此刻也偏重意义罢了。古书如《韩非子》等的里边，颇有可用的材料，大都是属于理智的滑稽，就是所谓机智。感情的滑稽实例很少；世俗大多数的滑稽都是感觉的，没有文学的价值了。

（5）戏曲　儿童的游戏中本含有戏曲的原质，现在不过伸张综合了，适应他们的需要。在这里边，他们能够发扬模仿的及构成的想像作用，得到团体游戏的快乐。这虽然是指实演而言，但诵读也别有兴趣，不过这类著作，中国一点都没有，还须等人去研究创作：能将所读的传说去戏剧化，原是最好，却又极难，所以也只好先从翻译入手了。

以上约略就儿童的各期，分配应用的文学种类，还只是理论上的空谈，须经过实验，才能确实的编成一个详表。以前所说多偏重“儿童的”，但关于“文学的”这一层，也不可将他看轻；因为儿童所需要的是文学，并不是商人杜撰的各种文章，所以选用的时候还应当注意文学的价值。所谓文学的，却也并非要引了文学批评的条例，细细的推敲，只是说须有文学趣味罢了。文章单纯、明了、匀整；思想真实、普遍：这条件便已完备了。麦克林托克说，小学校里的文学有两种重要的作用：（1）表现具体的影像，（2）造成组织的全体。文学之所以能培养指导及唤起儿童的新的兴趣与趣味，大抵由于这个作用。所以这两条件，差不多就可以用作儿童文学的艺术上的标准了。

中国向来对于儿童，没有正当的理解，又因为偏重文学，所以在文学中可以供儿童之用的，实在绝无仅有；但是民间口头流传的也不少，古书中也有可用的材料，不过没有人采集或修订了，拿来应用。坊间有几种唱歌和童话，却多是不合条件，不适于用。我希望有热心的人，结合一个小团体，起手研究，逐渐收集各地歌谣故事，修订古书里的材料，翻译外国的著作，编成几部书，供家庭学校的用，一面又编成儿童用的小册，用了优美的装帧，刊印出去，于儿童教育当有许多的功效。我以前因为汉字困难，怕这事不大容易成功，现在有了注音字母，可以不必多愁了。但插画一事，仍是为难。现今中国画报上的插画，几乎没有一张过得去的，要寻能够为儿童书作插画的，自然更不易得了，这真是一件可惜的事。

【锺校】

①“样”原作“种”。

②“含”原作“舍”。

③原无“背”字，今增。

圣书与中国文学

我对于宗教从来没有什么研究，现在要讲这个题目，觉得实在不大适当。但我的意思只偏重在文学的一方面，不是教义上的批评，如改换一个更为明了的标题，可以说是古代希伯来文学的精神及形式与中国新文学的关系。新旧约的内容，正和中国的四书五经相似，在教义上是经典，一面也是国民的文学；中国现在虽然还没有将经书作文学研究的专书，圣书[①]之文学的研究在欧洲却很普通，英国《万人丛书》（*Everyman's Library*）里的一部《旧约》，便题作《古代希伯来文学》。我现在便想在这方面，将我的意见略略说明。

我们说《旧约》是希伯来的文学，但我们一面也承认希伯来人是宗教的国民，他的文学里多含宗教的气味，这是当然的事实。我想文学与宗教的关系本来很是密切，不过希伯来思想里宗教分子比别国更多一点罢了。我们知道艺术起源大半从宗教的仪式出来，如希腊的诗（Melê = Songs）赋（Epê = Epics）戏曲都可以证明这个变化，就是雕刻绘画上也可以看出许多踪迹。一切艺术都是表现各人或一团体的感情的东西；《诗序》里说：

> 情动于中而形于言；言之不足，故咏歌之；咏歌之不足，故嗟叹之；嗟叹之不足，故不知手之舞之，足之蹈之。

这所说虽然止于歌舞，引申起来，也可以作雕刻绘画的起源的说明。原始社会的人，唱歌，跳舞，雕刻绘画，都为什么呢？他们因为情动于中，不能自已，所以用了种种形式将他表现出来，仿佛也是一种生理上的满足。最初的时候，表现感情并不就此完事；他是怀着一种期望，想因了言动将他传达于超自然的或物，能够得到满足：这不但是歌舞的目的如此，便是别的艺术也是一样，与祠墓祭祀相关的美术可以不必说了，即如野蛮人刀柄上的大鹿与杖头上的女人象征，也是一种符咒作用的，他的希求的具体的表现。后来这祈祷的意义逐渐淡薄，作者一样的表现感情，但是并不期望有什么感应，这便变了艺术，与仪式分离了。又凡举行仪式的时候，全部落全宗派的人都加在里边，专心赞助，没有赏鉴的馀暇；后来有旁观的人用了赏鉴的态度来看他，并不夹在仪式中间去发表同一的期望，只是看看接受仪式的印象，分享举行仪式者的感情；于是仪式也便转为艺术了。从表面上看来，变成艺术之后便与仪式完全不同，但是根本上有一个共通点，永久没有改变的，这是神人合一，物我无间的体验。原始仪式里的入神（Enthousiasmos）忘我（Ekstasis），就是这个境地；此外如希腊的新柏拉图派，印度的婆罗门教，波斯的“毛衣外道”（Sufi）等的求神者，目的也在于此；基督教的《福音书》内便说的明白：“使他们合而为一；正如你父在我里面，我在你里面，使他们也在我们里面。”（《约翰福音》第十八章二十七节）这可以说是文学与宗教的共通点的所在。托尔斯泰著的《什么是艺术》，专说明这个道理，虽然也有不免稍偏的地方，经克鲁泡特金加以修正（见《克鲁泡特金的思想》内第二章《文学观》），但根本上很是正确。他说艺术家的目的，是将他见了自然或人生的时候所经验的感情，传给别人，因这传染的力量的薄厚合这感情的好坏，可以判断这艺术的高下。人类所有最高的感情便是宗教的感情；所以艺术必须是宗教的，才是最高上的艺术。

基督教思想的精义在于各人的神子的资格，与神人的合一及人们相互的合一，如《福音书》

上所说。因此基督教艺术的内容便是使人与神合一及人们互相合一的感情。……但基督教的所谓人们的合一，并非只是几个人的部分的独占的合一，乃是包括一切，没有例外。一切的艺术都有这个特性，——使人们合一。各种的艺术都使感染着艺术家的感情的人，精神上与艺术家合一，又与感受着同一印象的人合一。非基督教的艺术虽然一面联合了几个人，但这联合却成了合一的人们与别人中间的分离的原因；这不但是分离，而且还是对于别人的敌视的原因。

（《什么是艺术》第十六章）

同样的话，在近代文学家里面也可以寻到不少。俄国安特来夫（Leonid Andrejev）说："我们的不幸，便是在大家对于别人的心灵、生命、苦痛、习惯、意向、愿望，都很少理解，而且几于全无。我是治文学的，我之所以觉得文学的可尊，便因其最高上的事业，是在拭去一切的界限与距离。"英国康剌特（Joseph Conrad，本波兰人）说："对于同类的存在的强固的认知，自然的具备了想像的形质，比事实更要明了，这便是小说。"福勒忒解说道："小说的比事实更要明了的美，是他的艺术价值；但有更重要的地方，人道主义派所据以判断他的价值的，却是他的能使人认知同类的存在的那种力量。总之，艺术之所以可贵，因为他是一切骄傲偏见憎恨的否定，因为他是社会化的。”这几节话都可以说明宗教与文学的共通的所在，圣书与文学的第一层的关系，差不多也可以明了了。宗教上的圣书即使不当作文学看待，但与真正的文学里的宗教的感情，根本上有一致的地方，这就是所谓第一层的关系。

以上单就文学与宗教的普通的关系略略一说，现在想在圣书与中国文学的特别的关系上，再略加说明。我们所注意的原在新的一方面，便是说圣书的精神与形式，在中国新文学的研究及创造上，可以有如何的影响；但旧的一方面，现今欧洲的圣书之文学的考据的研究，也有许多地方可以作中国整理国故的方法的参考，所以顺便也将他说及。我刚才提及新旧约的内容正和中国的经书相似：《新约》是《四书》，《旧约》是《五经》——《创世记》等纪事书类与《书经》《春秋》，《利未记》与《易经》及《礼记》的一部分，《申命记》与《书经》的一部分，《诗篇》《哀歌》《雅歌》与《诗经》，都很有类似的地方；但欧洲对于圣书，不仅是神学的，还有史学与文学的研究，成了实证的有统系的批评，不像是中国的经学不大能够离开了微言大义的。即如《家庭大学丛书》（*Home*

University Library）里的《旧约之文学》，便是美国的神学博士谟尔（George F. Moore）做的。他在第二章里说明《旧约》当作国民文学的价值，曾说道："这《旧约》在犹太及基督教会的宗教的价值之外，又便是国民文学的残馀，尽有独立研究的价值。这里边的杰作，即使不管著作的年代与情状，随便取读，也很是愉快而且有益；但如明了了他的时代与在全体文学中的位置，我们将更能赏鉴与理解他了。希伯来人民的政治史，他们文明及宗教史的资源，也都在这文学里面。"他便照现代的分类，将《创世记》等列为史传，《预言书》等列为抒情诗，《路得记》《以斯帖记》及《约拿书》列为故事，《约伯记》——希伯来文学的最大著作，世界文学的伟大的诗之一，——差不多是希腊爱斯吉洛思（Aiskhylos）式的一篇悲剧了。对于《雅歌》，他这样说："世俗的歌大约在当时与颂歌同样的流行，但是我们几乎不能得到他的样本了，倘若没有一部恋爱歌集题了所罗门王的名字，因了神秘的解释，将他归入宗教，得以保存。"又说：

> 这书中反复申说的一个题旨，是男女间的热烈的官能的恋爱。……在一世纪时，这书虽然题着所罗门的名字，在严正的宗派看起来不是圣经；后来等到他们发见——或者不如说加上——

> 了一个譬喻的意义，说他是借了夫妇的爱情在那里咏叹神与以色列的关系，这才将他收到正经里去。古代的神甫们将这譬喻取了过来，不过把爱人指基督，所爱指教会（钦定译本的节目上还是如此）或灵魂。中古的教会却是在新妇里看出处女马理亚。……譬喻的恋爱诗——普通说神与灵魂之爱——在各种教义与神秘派里并非少见的事；极端的精神诗人时常喜用情欲及会合之感觉的比喻，但在《雅歌》里看不出这样的起源，而且在那几世纪中，我们也不曾知道犹太有这样的恋爱派的神秘主义。

所以他归结说："那些歌是民间歌谣的好例，带着传统的题材、形式及想像。这歌自然不是一个人的著作，我们相信当是一部恋爱歌集，不必都是为嫁娶的宴会而作，但都适用于这样的情景。"这《雅歌》的性质正与希腊的催妆诗（Epithalamia）之类相近，在托尔斯泰派的严正批评里，即使算不到宗教的艺术，也不愧为普遍的艺术了。我们从《雅歌》问题上，便可以看出欧洲关于圣书研究的历史批评如何发达与完成。中国的经学却是怎样？我们单以《诗经》为例；《雅》《颂》的性质约略与《哀歌》及《诗篇》相似，现在也暂且不论，只就《国风》里的恋爱诗拿来比较，觉得这一方面的研究没有什么满足的结果。这个最大原因大抵便由于尊守古训，没有独立实证的批判；譬如近代龚橙的《诗本谊》（1889 出版，但系 1840 年作）反对毛传，但一面又尊守三家遗说，便是一例。他说："古者劳人思妇，怨女旷夫，贞淫邪正，好恶是非，自达其情而已，不问他人也。"又说，"有作诗之谊，有读诗之谊，有太师采诗瞽矇讽诵之谊"，都很正确，但他自己的解说还不能全然独立。他说，"《关雎》，思得淑女配君子也"；《郑风》里"《女曰鸡鸣》，淫女思有家也"。实际上这两篇诗的性质相差不很远，大约只是一种恋爱诗，分不出什么"美刺"，著者却据了《易林》的"鸡鸣同兴，思配无家"这几句话，说他"为淫女之思明甚"，仍不免拘于"郑声淫"这类的成见。我们现在并不是要非难龚氏的议论，不过说明便是他这样大胆的人，也还不能完全摆脱束缚；倘若离开了正经古说训这些观念，用纯粹的历史批评的方法，将他当作国民文学去研究，一定可以得到更为满足的结果。这是圣书研究可以给予中国治理旧文学的一个极大的教训与帮助。

说到圣书与中国新文学的关系，可以分作精神和形式的两面。近代欧洲文明的源泉，大家都知道是起于"二希"就是希腊及希伯来的思想，实在只是一物的两面，但普通称作“人性的二元”，将他对立起来；这个区别，便是希腊思想是肉的，希伯来思想是灵的；希腊是现世的，希伯来是[2]永生的。希腊以人体为最美，所以神人同形，又同生活，神便是完全具足的人，神性便是理想的充实的人生。希伯来以为人是照着上帝的形像造成，所以偏重人类所分得的神性，要将他扩充起来，与神接近以至合一。这两种思想当初分立，互相撑拒，造成近代的文明，到得现代渐有融合的现象。其实希腊的现世主义里仍重中和（Sophrosynê），希伯来也有热烈的恋爱诗，我们所说两派的名称，不过各代表其特殊的一面，并非真是完全隔绝，所以在希腊的新柏拉图主义及基督教的神秘主义已有了融合的端绪，只是在现今更为显明罢了。我们要知道文艺思想的变迁的情形，这圣书便是一种极重要的参考书，因为希伯来思想的基本可以说都在这里边了。其次现代文学上的人道主义思想，差不多也都从基督教精神出来，又是很可注意的事。《旧约》里古代的几种纪事及预言书，思想还稍严厉；略迟的著作如《约拿书》，便更明了的显出高大宽博的精神；这篇故事虽然集中于巨鱼吞约拿，但篇末耶和华所说：“这蓖[3]麻……一夜发生，一夜干死，你尚且爱惜；何况这尼尼微大城，其中不能分辨左手右手的有十二万多人，并有许多牲畜，我岂能不爱惜呢?”这一节才是本意的所在。谟尔说：“他不但将[4]《以西结书》中神所说‘我断不喜悦恶人死亡，惟喜悦恶人转离所行的道而活’的话，推广到全人类，而且更表明神的拥抱一切的慈悲。这神是以色列及异邦人的同一的创造者，他的慈惠在一切所造者之上。”在《新约》里这思想更加显著，《马太福音》中登山训众的话，便是适切的例。耶稣说明是来成全律法和先知的道，所以他对于古训加以多少修正，使神的对于选民的约变成对于各个人的约了。“你们听见有话说：‘以眼还眼，以牙还牙。’只是我告诉你们，不要与恶人作对。”（第五章三十八至三十九）“你们听见有话说：‘当爱你的邻舍，恨你的仇敌。’只是我告诉你们，要爱你们[5]的仇敌，为那逼迫你们的祷告。”（同上四三至四四）这是何等博大的精神！近代文艺上人道主义思想的源泉，一半便在这里，我们要想理解托尔斯泰、陀思妥也夫斯奇等的爱的福音之文学，不得不从这源泉上来注意考察。“你们中间谁是没有罪的，谁就可以先拿石头打他。”（约第八章七）“父阿，赦免他们，因为他们所作的[6]，他们不晓得。”（路第二三章三四）耶稣的这两种言行上的表现，便是爱的福音的基调。“爱是永不止息。先知讲道之能，终必归于无有；说方言之能，终必停止，知识也终必归于无有。”（林前第十三章八）“上帝就是爱；住在爱里面的，就是住在上帝里面，上帝也住在他里面。”（约壹第四章十六）这是说明爱之所以最大的理由，希伯来思想的精神大抵完成了；但是“不爱他所看见的兄弟，就不能爱没有看见的上帝”（同上二十）。正同柏拉图派所说不爱美形就无由爱美之自体（Auto to kalon）一样；再进一步，便可以归结说，不知道爱他自己，就不能爱他的兄弟：这样又和希腊思想相接触，可以归入人道主义的那一半的源泉里去了。

其次讲到形式的一方面，圣书与中国文学有一种特别重要的关系，这便因他有中国语译本的缘故。本来两国文学的接触，形质上自然的发生多少变化，不但思想丰富起来，就是文体也大受影响，譬如现在的新诗及短篇小说，都是因了外国文学的感化而发生的，倘照中国文学的自然发达的程序，还不知要到何时才能有呢。希伯来古文学里的那些优美的牧歌（Eidyllia=Idylls）及恋爱诗等，在中国本很少见，当然可以希望他帮助中国的新兴文学，衍出一种新体。《预言书》派的抒情诗，虽然在现今未必有发达的机会，但拿来和《离骚》等比较，也有许多可以参照发明的地方。这是从外国文学可以得来的共通的利益，并不限于圣书；至于中国语的全文译本，是他所独有的，因此便发生一种特别重要的关系了。我们看出欧洲圣书的翻译，都于他本国文艺的发展很有关系，如英国的微克列夫（Wyclif）德国的路得（Luther）的译本皆是。所以现今在中国也有同一的希望。欧洲圣书的译本助成各国国语的统一与发展，这动因原是宗教的，也是无意的。圣书在中国，时地及位置都与欧洲不同，当然不能有完全一致的结果，但在中国语及文学的改造上也必然可以得到许多帮助与便利，这是我所深信的不疑的，这个动因当是文学的，又是有意的。两三年来文学革命的主张在社会上已经占了优势，破坏之后应该建设了；但是这一方面成绩几乎没有；这是什么原故呢？思想未成熟，固然是一个原因，没有适当的言词可以表现思想，也是一个重大的障害。前代虽有几种语录说部杂剧流传到今，也可以备参考，但想用了来表现稍为优美精密的思想，还是不足。有人主张"文学的国语"，或主张欧化的白话，所说都很有理；只是这种理想的言语不是急切能够造成的，须经过多少研究与试验，才能约略成就一个基础。求"三年之艾"去救"七年之病"，本来也还算不得晚，不过我们总还想他好的快点。这个疗法，我近来在圣书译本里寻到，因为他真是经过多少研究与试验的欧化的文学的国语，可以供我们的参考与取法。十四五年前复古思想的时候，我对于《新约》的文言译本觉得不大满足，曾想将《四福音》重译一遍，不但改正钦定本的错处，还要使文章古雅，可以和佛经抗衡，这才适当。但是这件事终于还未着手；过了几年，看看文言及白话的译本，觉得也就可以适用了，不过想照《百喻经》的例，将耶稣的譬喻从新翻译，提出来单行，在四五年前还有过这样的一个计划。到得现在，又觉得白话的译本实在很好，在文学上也有很大的价值；我们虽然不能说[7]怎样是最好，指定一种尽美的模范，但可以说在现今是少见的好的白话文。这译本的目的本在宗教的一面，文学上未必有意的注意，然而因了他慎重诚实的译法，原作的文学趣味保存的很多，所以也使译文的文学价值增高了。我们且随便引几个例：

> 我必向以色列如甘露，他必如百合花开放，如利巴嫩的树本扎根；他的枝条必延长，他的荣华如橄榄树，他的香气如利巴嫩的香柏树。
>
> （《何西阿书》第十四[8]章五至六节）
>
> 要给我们擒拿狐狸，就是毁坏葡萄园的小狐狸，因为我们的葡萄正在开花。
>
> （《雅歌》第二章十五）

天使对我说："你为什么希奇呢？我要将这女人和驮着他的那七头十角兽的奥秘告诉你。你所看见的兽，先前有，如今没有；将要从无底坑里上来，又要归于沉沦。……"

（《启示录》第十七章七至八）

这几节都不是用了纯粹的说部的白话可以译得好的，现在能够译成这样信达的文章，实在已经很不容易了。还有一件，是标点符号的应用：人地名的单复线，句读的尖点圆点及小圈，在中国总算是原有的东西；引证话前后的双钩的引号，申明话前后的括弓的解号，都是新加入的记号。至于字旁小点的用法，那便更可佩服；他的用处据《圣书》的凡例上说："是指明原文没有此字，必须加上才清楚，这都是要叫原文的意思更显明。"我们译书的时候，原不必同经典考释的那样的严密，使艺术的自由发展太受拘束，但是不可没有这样的慎重诚实的精神；在这一点上，我们可以从《圣书》译本得到一个极大的教训。我记得从前有人反对新文学，说这些文章并不能算新，因为都是从《马太福音》出来的；当时觉得他的话很是可笑，现在想起来反要佩服他的先觉：《马太福音》的确是中国最早的欧化的文学的国语，我又预计他与中国新文学的前途有极大极深的关系。

以上将我对于圣书与中国文学的意见，约略一说。实在据理讲来，凡是[9]各国的思想，在中国都应该介绍研究，与希伯来对立的希腊思想，与中国关系极深的印度思想等，尤为重要。现在因为有圣书译本的一层关系，所以我先将他提出来讲，希望引起研究的兴味，并不是因为看轻别种的思想。中国旧思想的弊病，在于有一个固定的中心，所以文化不能自由的发展；现在我们用了多种表面不同而于人生都是必要的思想，调剂下去，或可以得到一个中和的结果。希伯来思想与文艺，便是这多种思想中间，我们所期望的一种主要坚实的改造的势力。

一九二〇年。

【锺校】

①“圣书”一词原来或加或不加书名号，今概不加。

②原无“是”字，今增。

③“蓖”原作“篦”。

④原无“将”字，今增。

⑤原无“们”字，今增。

⑥此处原衍“事”字，已删。

⑦“说”原作“决”。

⑧“十四”原作“四”。

⑨“是”原作“有”。

中国戏剧的三条路

我于戏剧纯粹是门外汉，在著作排演这一方面完全地没有一点知识，不能有所议论，现在所说的，只是囫囵地一讲我所见到的中国戏剧现在可以走的三个方向罢了。

中国现在提倡新剧，那原是很好的事。但因此便说旧剧就会消灭，未免过于早计；提倡新剧的人，倘若对于旧剧存在着一种“可取而代”的欲望，又将使新剧俗化，本身事业跟了社会心理而堕落。我的意见，则以为新剧当兴而旧剧也决不会亡的，正当的办法是“分道扬镳”的做去，用不着互相争执，反正这两者不是能够互相吞并，或可以互相调和了事的。我所说的三条路即为解决这个问题而设，现在先讲方法，随后再说明理由。这三条路是：

一、纯粹新剧　为少数有艺术趣味的人而设。

二、纯粹旧剧　为少数研究家而设。

三、改良旧剧　为大多数观众而设。

第一种纯粹新剧，当用小剧场办法，由有志者组织团体，自作自译自演自看，唯会员才得观览，并不公开。完全摆脱传统，蔑视社会心理，一切以自己的趣味为断，不受别的牵制。这种戏剧应该有两样特点，与别种演剧不同，便是非营业的，非教训的。这全然为有艺术趣味的少数而设，而且也不妨以其中的某种趣味为集合点，组成精选的小团体，将来同类的团体增多，可以互相提携，却不必归并以雄厚势力。因为我相信这总是少数人的事，即使政党似的并成大党，大吹大擂的宣传，其结果还是差不多，未见得就会招徕到多数；还有一层，这种艺术团体多是趣味的结合，所以最多兴趣，但因此也不容易维持大的联合。这个运动如见成功，小剧场可以随处皆有，戏剧文学非常发达，但是享受者总限于少数，新的艺术决不能克服群众，这是永远的事实，只应承认而不必悲观的。小剧场的办法自有专家高明的意见，我不能妄参末议，现在不过说明这是中国戏剧的第一条路罢了。

第二种纯粹旧剧，完全保存旧式，以供学者之研究。这也应用小剧场，也不公开，只附属于一种学问艺术的机关，随时开演，唯研究文化的学者、艺术家，或证明受过人文教育的人们，才有参观的权利。在这样状况之下，旧戏的各面相可以完全呈现，不但“脸谱”不应废止，便是装“蹻”与“摔壳子”之类也当存在，甚至于我于光绪朝末年在北京戏台上所见的 Masturbado de la vrigino 的扮演似亦不妨保留，以见真相。中国旧剧有长远的历史，不是一夜急就的东西，其中存着民族思想的反影，很足供大家的探讨；有许多丑恶的科白，却也当有不少地方具特别的艺术味，留东方古剧之一点馀韵：因此这保存事业也是当然的事。但是，虽说为学术之故牺牲所不当惜，现在的牺牲似乎太大一点了，摔壳子的确有性命之忧，学蹺亦是一种苦工，其[①]苦几乎近于私刑。这两种“技艺”，当然应该废除，而废除之后又不免使旧剧减色一半，殊无两全之法。所以要实行这项办法，于此点上尚须加以考虑。总之我所能确说者，是中国旧剧如完全保存，只当为少数有看这戏的资格的人而设，决不能公诸大众，——他们当另有第三种戏剧在那里。

第三种改良旧剧，即为大众而设，以旧剧为本，加以消极的改良，与普通所谓改良戏不同。平常说到改良，大抵要积极的去变更，其结果往往弄的不新不旧，了无趣味，或者还要加上教训的意思，更是无谓。现有的改良只是一种淘汰作用，把旧剧中太不合理不美观的地方改去，其馀还是保留固有精神，并设法使他调和，不但不去毁坏他，有些地方或者还当复旧才行。四五年前我很反对旧剧，以为应该禁止，近来仔细想过，知道这种理想永不能与事实一致，才想到改良旧剧的办法。（其实便是这个能否见诸事实，也还是疑问。）去年夏天我遇见日本的辻听花先生，他在中国二十馀年，精通旧剧，我说起这个问题，问他的意见，他的答语也是如此。他说旧剧变成现在的情形，自有其原因，现在要人为地使它变为别的东西，即使能够做到，同时也一定把他弄死了。他便只是这一副嘴脸，在这范围之内可以加点改革，例如新排合理的脚本（唱做一切照旧），或润色旧脚本，删改不通文句与荒谬思想。做法台步都不必改，剧场也须用四方的，不用半圆，背景也不必有，幕也可以不要，只须于两出中间略加停顿便好。赤背的人在台上走来走去应当废止，后场应坐在台后或侧面，最好穿一种规定的服装，或可参考唐代乐人服色制定，以暗色为宜。听花先生是北京剧评坛的一个重要人物，他的这种公平的意见是很值得倾听的。我于戏剧别无研究，只就个人思索的结果，认定中国旧剧（一）是古剧，（二）是民众剧，所以也得到这样的结论。那些古风的暗示做法，我觉得并无改变的必要；挂一副粗俗的园亭画作背景，牵一匹活马上台，当然为群众所欢迎，但这只是更使戏剧俗化了，别无一点好处。又为民众的观览计，这种戏剧在城市中固然不妨用剧场制度，但是重要的还是在乡村，在那里应该仍旧于庙社或田野搭盖舞台开演，不但景地配合，自有情趣，亦正与民间生活适合。中国乐里的金革之音，本来只可用于军旅祭祀，演剧上未免太是喧嚣，但倘若在空旷地方，祠庙或田野间的戏台上，也就没有什么烦扰。从前在绍兴的时候，坐船过水乡，远闻锣鼓声，望见红绿衣的人物在台上憧憧往来，未常不是愉快的事；又或泊舟台侧看夜戏，要看便看，不要看时便可归舱高卧，或在篷底看书，台下的人亦随意去留，至今回想还觉得一种特殊的风趣。依照田家的习惯，演剧不仅是娱乐，还是一种礼节，一年生活上的转点；他们的光阴与钱财不容许他们去进剧场，但一年一次以上的演戏于他们的生活上是不可少的。以前我也赞成官厅的禁止迎会演戏，但现在觉悟这种眼光太狭窄，办法也太暴虐了。有一个故乡海滨的农人曾对我说："现在衙门不准乡间做戏，那么我们从哪里去听前朝的老话呢?"（这就是说，从何处去得历史知识。）这是客气一点的话，老实的说，当云"从哪里得人生的悦乐呢?"禁止他们的《水满金山》与《秋胡戏妻》而勒令看萧伯纳、易卜生，也不能说是合于情理的办法，因为这是不能满足他们的欲求的。所以在上边所说的限制之下，应该尽量地发展农村的旧剧，同时并提倡改良的迎会（Pageant），以增进地方的娱乐与文化。这个实行方法当然是颇繁难，我也别无什么好计，当俟日后大家的商酌。我的笼统的结论只是旧剧是民众需要的戏剧，我们不能使他灭亡，只应加以改良而使其兴盛。

我相信中国戏剧现在有以上的三条路可走，他的作用一是艺术的，二是学术的，三是社会的。三者之中，第二第三是社会的事业，须有系统的大规模的组织才行，现在的中国或者还谈不到，此刻所能说的实在只是那第一种，因为这是私人组织，只要有人便可进行了。

至于我这样主张的理由是很简单的，我相信趣味不会平等，艺术不能统一，使新剧去迎合群众与使旧剧来附和新潮，都是致命的方剂，走不通的死路。我们平常不承认什么正宗或统一，但是无形中总不免还有这样思想。近来讲到文艺，必定反对贵族的而提倡平民的，便是一个明证。离开了政治经济等实际的不平等而言，用在精神方面，这两个字可以有几样意思，不容易随便指定优劣。我们可以称文学上超越地求胜的思想为贵族的，平凡地求活的思想为平民的，也可以说自己创造的为平民的，而求他人供奉的为贵族的文学。现在如必要指定一派为正宗，只承认知识阶级有这特权，固然不很妥当，但一切以老百姓为标准，思想非老百姓所懂者不用，言语非老百姓所说者不写，那也未免太偏一点了。将来无论社会怎样变更，现出最理想的世界，其时一切均可以平等而各人的趣味决不会平等，一切均可以自由而各人的性情决不能自由；有这个不幸（或者是幸）的事实在那里，艺术的统一终于不可期，到底只好跳出乌托邦的梦境，回到现实来做自己的一部分的工作。有人喜欢王尔德，有人喜欢梅德林克，更有许多人喜欢《狸猫[②]换太子》以及《张欣生》!! 我们没有宗教家那样的坚信，以为自己的正信必然可以说服全世界的异端，我们实在只是很怯弱地承认感化别人几乎是近于不可能的奇迹，最好还是各走各的，任其不统一的自然，这是唯一可行的路。现在的倾向，新剧想与旧的接近，旧剧想与新的接近，结果是两败俱伤，因为这其间有很大的一个距离，不是跳得过去的。《新村正》一流的新剧，虽然我们不好把他同《张欣生》之类相提并论，但我总觉得于新旧剧两方面的发达上至少是没有价值的。有人相信民众会得了解艺术作品，例如英国观众之于莎士比亚，我们不知道海外的情形，却要武断一句，这大抵只是一种因袭的崇拜，正如托尔斯泰所说民众的了解荷马一样，给西蒙士替他证明实在全不是这一回事。从事于戏剧运动的朋友们，请承受了这灰色的现实，随后奋勇地认定了自己的路走上前去，愿为自己或为民众，都有正当的路可走，只千万不要想兼得二者，这是最要紧的事。

我于演剧既然没有研究，上边所说的办法或者过于空想，有点不切事情，也不可知，但总足以表示我现在的意见，就请读者照这个意思去一看罢。

一九二四年。

【锺校】

①“其”原作“甚”。

②“狸猫”原作“猫狸”。

国语改造的意见

我于国语学不曾有什么研究，现在只就个人感想所及，关于国语改造的问题略略陈述我的意见。我的意见大略可以分作下列三项：一，国语问题之解决；二，国语改造之必要；三，改造之方法。

国语问题现在可以算是已经解决了，本来用不着再有什么讨论，但是大家赞成推行国语，却各有不同的理想，有的主张国语神圣，有的想以注音字母为过渡，换用罗马字拼音，随后再改别种言语。后者这种运动的起源还在十五六年以前，那时吴稚晖先生在巴黎发刊《新世纪》，在那上边提倡废去汉字改用万国新语（即现在所谓世界语的 Esperanto），章太炎先生在东京办《民报》便竭力反对他，做了一篇很长的驳文，登在《民报》上，又印成单行的小册子分散；文中反对以世界语替代汉语，却赞成中国采用字母以便诵习，拟造五十八个字母附在后边，这便是现在的注音字母的始祖了。当时我们对于章先生的言论完全信服，觉得改变国语非但是不可能，实在是不应当的。过了十年，思想却又变更，以世界语为国语的问题重又兴盛，钱玄同先生在《新青年》上发表意见之后，一时引起许多争论，大家大约还都记得。但是到了近年再经思考，终于得到结论，觉得改变言语毕竟是不可能的事，国民要充分的表现自己的感情思想，终以自己的国语为最适宜的工具。总结起来，光绪末年的主张是革命的复古思想的影响，民国六年的主张是洪宪及复辟事件的反动，现在的意见或者才是自己的真正的判断了。我现在仍然看重世界语，但只希望用他作为第二国语，至于第一国语仍然只能用那运命指定的或好或歹的祖遗的言语；我们对于他可以在可能的范围内加以修改或扩充，但根本上不能有所更张。埃及人之用亚剌伯语，满洲人之用汉语，实际上未尝没有改变国语的例，但他们自有特殊的情况，更加以长远的时间，才造成这个结果，倘若在平常的时地想人为的求成功，当然是不能达到的。一民族之运用其国语以表现情思，不仅是文字上的便利，还有思想上的便利更为重要：我们不但以汉语说话作文，并且以汉语思想，所以便用这言语去发表这思想，较为自然而且充分。至于言语的职分本来在乎自然而且充分的表现思想，能够如此，就可以说是适用了。但是我并不因此而赞成国语神圣的主张，我觉得我们虽然多少受着历史的遗传的束缚，但国语到底是我们国民利用的工具，不是崇拜的偶像。我所以为重要的并不是说民族系统上的固有国语，乃是指现在通行活用、在国民的想法语法上有遗传的影响者，所以汉语固然是汉族的国语，也一样的是满族的国语，因为他们采用了一二百年，早已具备了国语的种种条件与便利，不必再去复兴满语为国语了。使已死的古语复活，正如想改用别国语一样的困难而且不自然。倘以国语为神圣，便容易倾向于崇古或民族主义，一方面对于现在也多取保守的态度，难于改革以求适用。因此我承认现在通用的汉语是国民适用的唯一的国语，但欲求其能负①这个重大的责任，同时须有改造的必要。

中国以前用古文，这也是国语，不过是古人的言语，现在没有人说的罢了。思想自思想，文字自文字，写出来的时候中间须经过一道转译的手续，因此不能把想要说的话直捷的恰好的达出，这是文言的一个致命伤。文言因为不是活用着的言语，单靠古人的几篇作品做模范，所以成为一套印板似的格式，作文的人将思想去就文章，不能用文章去就思想。从前传说有许多科甲出身的人不能写一封通畅的家信，的确并不是笑话，便是查考现在学校的国文成绩也差不多都是如此。改用国语教授当然可以没有这个弊病了，但是现在的简单的国语，就已足用，能应表现复杂微密的思想之需要了么？这是一个疑问。目下关于国语的标准问题，大家颇有争论，京音国音之争大约已可解决，但是国语的本身问题却还未确定；有的主张以明清小说的文章为主，有的主张以现代民间的言语为主：这两说虽然也有理由，却都不免稍偏于保守，太贪图容易了。明清小说里原有好的文学作品，而且又是国语运动以前的国语著作，特别觉得有价值，然而他们毕竟只是我们所需要的国语的资料，不能作为标准。区区二三百年的时日，未必便是通行的障碍，其最大的缺点却在于文体的单调。大家都知道文章的形式与内容是极有关系的，韵文与散文的界限无论如何变换，抒情的诗与叙事的赋这两种性质总是很明显的，在外形上也就有这分别。明清小说专是叙事的，即使在这一方面有了完全的成就，也还不能包括全体；我们于叙事以外还需要抒情与说理的文字，这便非是明清小说所能供给的了。其次，现代民间的言语当然是国语的基本，但也不能就此满足，必须更加以改造，才能适应现代的要求。常见有许多人反对现在的白话文，以为过于高深复杂，不过“之”改为

"的"，"乎"改为"么"，民众仍旧不能了解。现在的白话文诚然是不能满足，但其缺点乃是在于还未完善，还欠高深复杂，而并非过于高深复杂。我们对于国语的希望，是在他的能力范围内，尽量的使他化为高深复杂，足以表现一切高上精微的感情与思想，作艺术学问的工具，一方面再依这个标准去教育，使最大多数的国民能够理解及运用这国语，作他们各自相当的事业。或者以为提倡国语乃是专在普及而不在提高，是准了现在大多数的民众智识的程度去定国语的形式的内容，正如光绪年[②]间的所谓白话运动一样，那未免是大错了。那时的白话运动是主张知识阶级仍用古文，专以白话供给不懂古文的民众；现在的国语运动却主张国民全体都用国语，因为国语的作用并不限于供给民众以浅近的教训与知识，还要以此为建设文化之用，当然非求完备不可，不能因陋就简的即为满足了。我们决不看轻民间的言语，以为粗俗，但是言词贫弱，组织单纯，不能叙复杂的事实，抒微妙的情思，这是无可讳言的。民间的歌谣自有其特殊的价值，但这缺点也仍是显著，我曾在《中国民歌的价值》（见《学艺》第二卷）一篇短文里说过：

久被蔑视的俗语，未经文艺上的运用，便缺乏细腻的表现力，以致变成那种幼稚的文体，而且将意思也连累了。……所以我要说明，中国情歌的坏处，大半由于文词的关系。

民间的俗语，正如明清小说的白话一样，是现代国语的资料，是其分子而非全体。现代国语须是合古今中外的分子融和而成的一种中国语。

想建设这种现代的国语，须得就通用的普通语上加以改造，大约有这几个重要的项目，可以注意。

一，采纳古语。现在的普通语虽然暂时可以勉强应用，但实际上言词还是很感缺乏，非竭力的使他丰富起来不可。这个补充方法虽有数端，第一条便是采纳古语。无理的使不必要的古语复活，常会变成笑柄，如希腊本了革命的复古精神，驱逐外来语，以古文字代之，以至雅俗语重复存在，反为不便，学生在家吃面包（Psömion）而在学校须读作别物（Artos 系古文）。但这是俗语已有而又加入古语，以致重出，倘若俗语本缺而以古语补充，便没有什么问题了。中国白话中所缺的大约不是名词等，乃是形容词助动词一类以及助词虚字，如寂寞、朦胧[3]、蕴藉、幼稚等字都缺少适当的俗语，便应直截的采用；然而、至于、关于、况且、岂不、而且[4]等字，平常在"斯文"人口里也已用惯，本来不成问题，此外"之"字替代"的"字以示区别，"者"替代作名词用的

“的”字，“也”字用在注解里，都可以用的。总之只要是必要，而没有简单的复古的意义，便不妨尽量的用进去，即使因此在表面上国语与民间的俗语之距离愈益增加，也不足为意，因为目下求国语丰富适用是第一义，只要能够如此，日后国语教育普及，这个距离自然会缩短而至于无，补充的古语都化为通行的新熟语，更分不出区别来了。但是我虽不赞成古今语的重出，对于通行的同意语，却以为应当听其并存，不必强为统一，譬如疾病、毛病、病痛这三个字，意义虽然一样，其色度略有差异，足以供行文时的选择；不过这也只以通行者为限，若从字典疒部里再去取出许多不认得的同意语来，那又是好古太过，不足为训的了。

二，采纳方言。有许多名物动作等言词，在普通白话中不完备而方言里独具者，应该一律收入，但也当以必要为限。国语中本有此语，唯方言特具有历史的或文艺的意味的，亦可以收录于字典中，以备查考或选用，此外不必过于博采，只听其流行于一地方就是了。方言里的熟语颇有言简意赅的，如江南的“象煞有介事”，早已有人用进文章里去，或者主张正式的录为国语，这固然没有什么不可，不过注音上略为困难，因为用国音读便不成话，大抵只能仍用原音注读才行。至于这些熟语的运用，当然极应注意，正如古奥的故典一般，必须用得恰好，才发生正当的效力，不然反容易毁坏文章的全体风格，在初学者尤非谨慎不可。

三，采纳新名词，及语法的严密化。新名词的增加在中国本是历来常有的事，如唐以前的佛教，清末的欧化都输入许多新名词到中国语里来，现在只须继续进行，创造未曾有过的新语，一面对于旧有的略加以厘订，因为有许多未免太拙笨单调了，应当改良才好。譬如石油普通称作洋油，似不如改称煤油或石油，洋灯也可以改作石油灯，洋火改作火柴，定为国语，旧称不妨听其以方言的资格而存在。中国以前定名多过于草率，往往用一“洋”字去笼罩一切，毫无创造的新味，日常或者可以勉强应用，在统一的文学的国语上便不适宜了。此外艺术学问上的言词，尽了需要可以尽量的采纳，当初各任自由的使用，随后酌量收录二三个同意语，以便选择，不必取统一的方针。但是最重要的还是在于语法的严密化，因为没有这一个改革，那上边三层办法的效果还是极微，或者是直等于零的。这件事普通称作国语的欧化问题，近年来颇引起一部分人的讨论，虽然不能得到具体的结论，但大抵都已感到这个运动的必要，不过细目上还有多少应该讨论的地方罢了。因为欧化这两个字容易引起误会，所以常有反对的论调，其实系统不同的言语本来决不能同化的，现在所谓欧化实际上不过是根据国语的性质，使语法组织趋于严密，意思益以明了而确切，适于实用。中国语没有语尾变化，有许多结构当然不能与曲折语系的欧文相同，但是根柢上的文法原则总是一样，没有东西之分。我们所主张者就是在这一点上。国语大体上颇有与英文相似之处，品词解说不很重要，其最要紧的事件却在词句之分析，审定各个的地位与相互的关系，这在阅读或写作时都是必要，否则只能笼统的得一个大意，没有深切显明的印象。普通有许多新文章，其中尤以翻译为甚，罗列着许多字样，表面上成为一句文句，而细加寻绎，不能理会其中的意思。这大约可以寻出两个理由来，其一是无文法的杂乱，其二是过于文法的杂乱；一是荒弃文法，以致词不达意，一是拘泥文法，便是滥用外国的习惯程式，以致出国语能力以外，等于无意义：这种过与不及的办法都是很应纠正的。我们的理想是在国语能力的范围内，以现代语为主，采纳古代的以及外国的分子，使他丰富柔软，能够表现大概感情思想，至于现在已不通用的古代句法如“未之有也”，或直抄的外国式句法如“我不如想明从意念中”（见诗集《红蔷薇》），都不应加入。如能这样的做去，国语渐益丰美，语法也益精密，庶几可以适应现代的要求了。

关于实行的办法，我想应当分三方面去进行；这本来略有先后，但在现今也不妨同时并进，各自去做。

一，从国语学家方面，编著完备的语法修辞学与字典。字典应打破旧例，以词为单位，又须包含两部，甲以汉字分部，从文字去求音训，乙以注音字母分部，从音去求字训。这种事业最好是由“国语统一筹备会”等机关去担任，不过编纂及印刷的经费也是一种问题；目下不能希望有完成大著出现，但是这方面创始的工作实是刻不容缓了。

二，从文学家方面，独立的开拓，使国语因文艺的运用而渐臻完善，足供语法字典的资料，且因此而国语的价值与势力也始能增重。此外文艺学术的研究评论之文，无论著译，亦于国语发达大有帮助，因为语法之应如何欧化，如何始适于表现这些高深的事理，都须经过试验才有标准，否则不曾知道此中甘苦，随意的赞成或反对，无一是处。

三，从教育家方面，实际的在中小学建立国语的基本。我的意见以为国语教育的目的，当在使学生人人能以国语自由的表现自己的意思，能懂普通古文，看古代的书。小学以国语为主，中学可以并进，不应偏于一面。国语学得很好，而古文一点不懂的人，现在还未曾见过，但是念形式的古文而不懂古书的意义，写形式的古文而不能抒自己的胸臆的人，在中学毕业生中却是多有，据升学试验的约略的统计，总有百分之八十。这便是以前偏重古文的流弊，至今还未能除去，所以国语教育的工具与材料现在虽然还未足用，但是治标的一种改革却也是必要了。以前的教国文是道德教育的一种变相，所教给学生的东西是纲常名分，不是语言文字，现在应当大加改革，认定国语教育只是国语教育，所教给学生的是怎样表现自己的和理解别人的意思，这是唯一的目的，其余的好处都是附属的。在国语字典和语法还没有一部出版的今日，教育家的困难是可以想见的，但是正因为是青黄不接的时代，教育家的责任也更为重大，不得不勉为其难，兼做国语学家一部分的事业，一面直接应用在教育上，一面也就间接的帮助国语改造的早日完成了。

我于国语学不是专门研究，所以现在所说的很是粗浅，只是供献个人的意见罢了。我对于国语的各方面问题的意见，是以“便利”为一切的根据。为便利计，国民应当用现代国语表现自己的意思，凡复兴古文或改用外国语等的计划都是不行的，这些计划如用强迫也未始不可实现，但我觉得没有这个必要，因为成效还很可疑，牺牲却是过大了。为便利计，现在中国需要一种国语，尽他能力的范围内，容纳古今中外的分子，成为言词充足、语法精密的言文，可以应现代的实用。总之我们只求实际上的便利，一切的方法都从这一点出来，此外别无什么理论的限制。照理想说来，我们也希望世界大同，有全[5]天下书同文的一天，但老实说这原来只是理想，若在事实上则统一的万国语之下必然自有各系的国语，正如统一的国语之下必然仍有各地的方言一样；将来的解决方法，只须国民于方言以外必习国语，各国民于国语以外再习万国语，理想便可达到，而于实行上也没有什么障碍，因为我相信普通的中国人于方言外学习国语，于国语外学习万国语（或一种别的外国语），并不是什么难事。——不过这第一要是普通人，不是异常、多少低能的人，第二要合法的学习才好；这都是很重大的问题，要等候专门学者的研究与指示了。

一九二二年。

【锺校】

①“负”原作“副”。

②“年”原作“中”。

③“朦胧”原作“胧朦”。

④原无“且”字，今增。

⑤“全”原作“今”。

国语文学谈

近年来国语文学的呼声很是热闹，就是国语文学史也曾见过两册，但国语文学到底是怎么一回事我终于没有能够明了。国语文学自然是国语所写的文学了，国语普通又多当作白话解，所以大家提起国语文学便联想到白话文，凡非白话文即非国语文学，然而一方面界限仍不能划得这样严整，照寻常说法应该算是文言的东西里边也不少好文章，有点舍不得，于是硬把他拉过来，说他本来是白话：这样一来，国语文学的界限实在弄得有点胡涂，令我觉得莫名其妙。据我的愚见这原是简单不过的一件事，国语文学就是华语所写的一切文章，上自典谟，下至摊簧，古如尧舜（姑且这样说），今到郁达夫，都包括在内，他们的好坏优劣则是别一问题，须由批评家文学史家去另行估价决定。我相信所谓古文与白话文都是华语的一种文章语，并不是绝对地不同的东西：他们今昔的相互的关系仿佛与满洲及中国间的关系相似。以前文言的皇帝专制，白话军出来反抗，在交战状态时当然认他为敌，不惜用尽方法去攻击他，但是后来皇帝倒了，民国成立，那废帝的族类当然还他本来面目，成为五族之一，是国民的一部分，从前在檄文上称我汉族光复旧物的人此刻也自然改变口气，应称我中华国民了。五四前后，古文还坐着正统宝位的时候，我们的恶骂力攻都是对的，到了已经逊位列入齐民，如还是不承认他是华语文学的一分子，正如中华民国人民还说满洲一族是别国人，承认那以前住在紫禁城里的是他们的皇上，这未免有点错误了。我常说国语文学，只是汉文学的新名称，包含所有以汉文写出的文学连八股文试帖诗都在里边，因为他们实在是一种特别文体的代表作品，虽然文艺的价值自然没有什么。近来日本京大教授铃木虎雄博士刊行一册《支那文学研究》，除诗文戏曲小说之外还有八股文一编，专论这种文体，可谓先得我心，不过我还没有见到这部书，不能确说他是如何说法的。

我相信古文与白话文都是汉文的一种文章语，他们的差异大部分是文体的，文字与文法只是小部分。中国现在还有好些人以为纯用老百姓的白话可以作文，我不敢附和。我想一国里当然只应有一种国语，但可以也是应当有两种语体，一是口语，一是文章语，口语是普通说话用的，为一般人民所共喻；文章语是写文章用的，须得有相当教养的人才能了解，这当然全以口语为基本，但是用字更丰富，组织更精密，使其适于表现复杂的思想感情之用，这在一般的日用口语是不胜任的。两者的发达是平行并进，文章语虽含有不少的从古文或外来语转来的文句，但根本的结构是跟着口语的发展而定，故能长保其生命与活力。虽然没有确实的例证，我推想古文的发生也是如此，不过因为中途有人立下正宗的标准，一味以保守模拟为务，于是乱了步骤，口语虽在活动前进，文章语却归于停顿，成为硬冷的化石了。所以讲国语文学的人不能对于古文有所歧视，因为他是古代的文章语，是现代文章语的先人，虽然中间世系有点断缺了，这个系属与趋势总还是暗地里接续着，白话文学的流派决不是与古文对抗从别个源头发生出来的。我们看见有许多民间文学的存在，但这实是原始文学的遗留与复活，讲到系统乃是一切文学的长辈，并不是如大家所想的那样是为革贵族文学之命而蹶起的群众。我们要表现自己的意思，所以必当弃模拟古文而用独创的白话，但同时也不能不承认这个事实，把古文请进国语文学里来，改正以前关于国语文学的谬误观念。

我们承认了古文在国语文学里的地位，这只是当然的待遇，并不一定有什么推重他的意思，古文作品中之缺少很有价值的东西已是一件不可动移的事实。其理由可以有种种不同的说法，但我相信这未必是由于古文是死的，是贵族的文学。我们翻开字典来看，上面的确有许多不但不懂他的意义连音都读不出的古字，这些确是死字废语了，但古文却并不是专用这种字凑成的，他们所用的字有十之八九是很普通，在白话中也是常用的字面，你说他死，他实在是还活着的，不过经作者特别这么一安排，成功了一个异样的形式罢了。或者有人说所谓死的就是那形式——文体，但是同一形式的东西也不是没有好的，有些东西很为大家所爱，这样舍不得地爱，至于硬说他是古白话，收入（狭义的）国语文学史里去了。那么这种文体也似乎还有一口气。至于说贵族与平民，只在社会制度上才有好坏之可言，若思想精神上之贵族的与平民的，完全是别一回事，不能这样简单地一句话来断定他的优劣。我在这里又有一个愚见，觉得要说明古文之所以缺乏文学价值，应当从别一方面着眼，这便是古文的模拟的毛病。大家知道文学的重要目的是在表现自己的思想感情，各人的思想感情各自不同，自不得不用独特的文体与方法，曲折写出，使与其所蕴怀者近似，而古文则重在模拟，这便是文学的致命伤，尽够使作者的劳力归于空虚了。模拟本来并非绝对不行的事，在初学者第一步自然是只好模拟，但应当及时停止，去自辟途径才行。正如小儿学语，句句都是模仿大人的话，等到大略知道，便能自由运用，联合若干习得的文句，组成一句新鲜独立的话，表示自己的意思，倘若到了少年，还是一味仿效老太爷的口气，如八哥学舌一般，那就是十足的低能儿，大家都要笑他了。你或者要问，既然如此，作不模拟的古文岂不就好了么？这自然是对的。但我不知道有没有这样的古文，倘若你能创造出一种新古文体出来，那么也大可以做，不过至少我自己实在没有这样自信，还只是做做我的白话文罢。

上文所说的古文的毛病如若是不错的，我还有一句话想警告做白话文的朋友们。请诸位紧防模拟。模拟这个微生物是不仅长在古文里面的，他也会传染到白话文上去。白话文的生命是在独创，并不在他是活的或平民的，一传染上模拟病也就没了他的命了。模仿杜子美或胡适之，模仿柳子厚或徐志摩，都是一样的毛病。近来新文学界发生了这种病没有，我不知道，只由于一片老婆心，姑预先警告一声罢咧。

我洗手学为善士，不谈文学，摘下招牌，已二年于兹矣。伏园嘱我为纪念增刊作文，预约已阅月馀，终于想不出题材，不得已攘臂下车，写了这一篇，既可笑矣，而所说的话又都只是极平凡的常谈，更无谓了，伏园读之得无亦将立而“笑我”乎？

十四年，基督生日。

文学上的俄国与中国

一九二〇年十一月在北京师范学校及协和医学校所讲

今天讲的这个题目，看去似太广大，不是我的力量所能及。我的本意，只是想说明俄国文学的背景有许多与中国相似，所以他的文学发达情形与思想的内容在中国也最可以注意研究。本来人类的思想是共通的，分不出什么远近轻重，但遗传与环境的影响也是事实，大同之中便不免有小异，一时代一民族的文学都有他们特殊的色彩，就是这个缘故。俄国在十九世纪，同别国一样的受着欧洲文艺思想的潮流，只因有特别的背景在那里，自然的造成了一种无派别的人生的文学。但我们要注意，这并不是将“特别国情”做权衡来容纳新思想，乃是将新思潮来批判这特别国情，来表现或是解释他，所以这结果是一种独创的文学，富有俄国特殊的色彩，而其精神却仍与欧洲现代的文学一致。

俄国的文学，在十八世纪方才发生。以前有很丰富的歌谣弹词，但只是民间口头传说，不曾见诸文字。大彼得改革字母以后，国语正式成立，洛摩诺梭夫（Lomonosov）、苏玛洛科夫（Sumarokov）等诗人出来，模仿德法的古典派的作品；到加德林二世的时候，俄国运动改造的学会逐渐发生，凯阑仁（Karamzin）等感伤派的小说，也加入农奴问题的讨论了。十九世纪中间，欧洲文艺经过了传奇派与写实派两种变化，摆伦（Byron）与莫泊三（Maupassant）可以算是两边的代表。但俄国这一百年间的文学，却是一贯的，只有各期的社会情状反映在思想里，使他略现出差别来，并不成为派别上的问题。十九世纪的俄国正是光明与黑暗冲突的时期，改革与反动交互的进行，直到罗马诺夫朝的颠覆为止。在这时期里，一切的新思想映在这样的背景上，自然的都染着同样的彩色：譬如传奇时代摆伦的自由与反抗的呼声，固然很是适合，个人的不平却变了义愤了；写实时代莫泊三的科学的描写法，也很适于表现人生的实相，但那绝对客观的冷淡反变为主观的解释了。俄国近代的文学，可以称作理想的写实派的文学；文学的本领原来在于表现及解释人生，在这一点上俄国的文学可以不愧称为真的文学了。

这一世纪里的文学，可以依了政治的变迁分作四个时期。第一期自一八〇一至四八年，可以称作黎明期。一八二五年十二月党失败以后，不免发生一种反动，少年的人虽有才力，在政治及社会上没有活动的地方，又因农奴制度的影响，经济上也不必劳心，便养成一种放恣为我的人，普式金（Pushkin）的《阿涅庚》（*Evgeni Oniegin*）、来尔孟多夫（Lermontov）的《现代的英雄》里的沛曲林（Petshorin），就是这一流人的代表，也是社会的恶的具体化。一方面官僚政治的积病与斯拉夫人的惰性，也在果戈尔（Gogol）的著作里暴露出来。一八四八年欧洲革命又起，俄国政府起了恐慌，厉行专制，至尼古拉一世死的那一年（一八五五）止，这是第二期，称作反动期。尼古拉一世时代的书报检查，本是有名严厉的，到了此刻却更加了一倍，又兴了许多文字狱，一八四九年的彼得拉绥夫斯奇（Petrashevski）党人案件最是有名；他们所主张的解放农奴，改良裁判法，宽缓检查这三条件，后来亚力山大维新的时候都实行了，在这时代却说他是扰乱治安，定了重刑。这八年间，文学上差不多没有什么成绩。一八五五至八一年是亚力山大二世在位的时代，政治较为开明，所以文学上是发达期，这是第三期。其中又可以分作三段，第一段自五五至六一年，思想言论比较的可以自由了，但是遗传的情性与迫压的馀力，还是存在，所以有理想而不能实行，屠盖涅夫（Turgenev）的《路丁》（*Dmitri Rudin*）、冈伽洛夫（Gontsharov）的[①]《阿勃洛摩夫》（*Oblomov*），都是写这个情形的。自六一至七〇年顷是第二段，唯心论已为唯物论所压倒，理想的社会主义之后也变为科学的社会主义了，所谓虚无主义就在此时发生，屠盖涅夫的《父与子》里的巴察洛夫（Bazarov）可以算是这派的一个代表。虚无主义实在只是科学的态度，对于无征不信的世俗的宗教法律道德虽然一律不承认，但科学与合于科学的试验的一切，仍是承认的，这不但并非世俗所谓虚无党（据克鲁泡特金说，世间本无这样的一件东西），而且也与东方讲虚无的不同。陀[②]思妥也夫斯奇（Dostojevski）做的《罪与罚》，本想攻击这派思想，目的未能达到，却在别方面上成了一部伟大的书。第三段自七〇至八一年，在社会改造上，多数的智识阶级觉得自上而下的运动终是事倍功半的，于是起了“往民间去”（V Narod）的运动，在文学上民情派（Narodnitshestvo）的势力也便发展起来。以前描写农民生活的文学，多写他们的悲哀痛苦，证明农奴也有人性，引起人的同情。到六一年农奴解放以后，这类著作可以无须了，于是转去描写他们全体的生活，因为这时候觉得俄国改造的希望全在农民身上，所以十分尊重，但因此不免有过于理想化的地方。同时利他主义的著作也很是发达，陀思妥也夫斯奇、托尔斯泰（Tolstoi）、伽尔洵（Garshin）、科罗连珂（Korolenko）、邬斯本斯奇（Uspenski）等，都是这时候的文人。亚力山大二世的有始无终的改革终于不能满足国民的希望，遂有一八八一年的暗杀；亚力山大三世即位，听了坡毕陀诺斯垂夫（Pobiedonostsev）的政策，极力迫压，直到革命成功为止，是俄国文学的第四期，可以称作第二反动期。这时候的“灰色的人生”，可以在契诃夫（Tshekhov）与安特来夫（Andrejev）的著作中间历历的看出。一九〇五年革命失败，国民的暴弃与绝望一时并发，阿尔支拔绥夫（Artsybashev）的《沙宁》（*Sanin*）便是这样的一个人；这正是时代的产物，并非由于安特来夫的写实主义过于颓丧的缘故，便是安特来夫的颓丧也是时代的反映，不是什么主义能够将他养成的。但一方面也仍有希望未来的人，契诃夫晚年的戏曲很有这样倾向；库普林（Kuprin）以写实著名，却也并重理想，他的重要著作如《生命的河》及《决斗》等都是这样。戈里奇（Gorki）出身民间，是民情派的大家，但观察更为真实，他的反抗的声调，在这黑暗时期里可算是一道引路的火光。最近的革命诗人洛普洵（Ropshin）在《灰色马》里写出一个英雄，一半是死之天使，一半还是有热的心肝的人，差不多已经表示革命的洪水到来了。

以上将俄国近代文学的情形约略一说，我们可以看出他的特色，是社会的、人生的。俄国的文艺批评家自别林斯奇（Bielinski）以至托尔斯泰，多是主张人生的艺术，固自很有关系，但使他们的主张能够发生效力，还由于俄国社会的特别情形，供给他一个适当的背景。这便是俄国特殊的宗教政治与制度。基督教，君主专制，阶级制度，当时的欧洲各国大抵也是如此。但俄国的要更进一层，希腊正教，东方式的君主，农奴制度，这是与别国不同的了。而且十九世纪后半，西欧各国都渐渐改造，有民主的倾向了，俄国却正在反动剧烈的时候；有这一个社会的大问题不解决，其馀的事都无从说起，文艺思想之所以集中于这一点的缘故也就在此。在这一件事实上，中国的创造或研究新文学的人，可以得到一个大的教训。中国的特别国情与西欧稍异，与俄国却多相同的地方，所以我们相信中国将来的新兴文学当然的又自然的也是社会的、人生的文学。

就表面上看来，我们固然可以速断一句，说中俄两国的文学有共通的趋势，但因了这特别国情而发生的国民的精神，很有点不同，所以这其间便要有许多差异。第一宗教上，俄国的希腊正教虽然迫压思想很有害处，但那原始的基督教思想确也因此传布的很广，成为人道主义思想的一部分的根本。中国不曾得到同样的益处，儒道两派里的略好的思想[③]，都不曾存活在国民的心里。第二政治上，俄国是阶级政治，有权者多是贵族，劳农都是被治的阶级，景况固然困苦，但因此思想也就免于统一的官僚化。中国早已没有固定的阶级，又自科举行了以后，平民都有接近政权的机会，农夫的儿子固然可以一旦飞腾，位至卿相，可是官僚思想也非常普及了。第三地势上，俄国是大陆的，人民也自然的有一种博大的精神，虽然看去也有像缓慢麻木的地方，但是那大平原一般的茫漠无际的气象，确是可以尊重的。第二种大陆的精神的特色，是“世界的”。俄国从前以侵略著名，但是非战的文学之多，还要推他为第一。所谓兽性的爱国主义，在俄国是极少数；那斯拉夫派的主张复古，虽然太过，所说俄国文化不以征服为基础[④]，却是很真实的。第三种，气候的剧变，也是大陆的特色，所以俄国的思想又是极端的。有人批评托尔斯泰，说他好像是一只鹰，眼力很强，发见了一件东西，便一直奔去，再不回顾了。这个譬喻颇能说明俄国思想的特色，无抵抗主义与恐怖手段会在同时流行的缘故，也是为此。中国也是大陆的国，却颇缺少这些精神，文学及社会的思想上，多讲非战，少说爱国，是确实的；但一面不能说没有排外的思想存在。妥协、调和，又是中国处世的态度，没有什么急剧的改变能够发生。只是那博大的精神，或者未必全然没有。第四生活上，俄国人所过的是困苦的生活，所以文学里自民歌以至诗文都含着一种阴暗悲哀的气味。但这个结果并不使他们养成憎恶怨恨或降服的心思，却只培养成了对于人类的爱与同情。他们也并非没有反抗，但这反抗也正由于爱与同情，并不是因为个人的不平。俄国的文人都爱那些“被侮辱与损害的人”，因为——如安特来夫所说——“我们都是一样的不幸”，陀思妥也夫斯奇，托尔斯泰，伽尔洵，科罗连珂，戈里奇，安特来夫都是如此，便是阿尔支拔绥夫与厌世的梭罗古勃（Sologub）也不能说是例外。俄国人的生活与文学差不多是合而为一，有一种崇高的悲剧的气象，令人想起希腊的普洛美透斯（Prometheus）与耶稣的故事。中国的生活的苦痛，在文艺上只引起两种影响，一是赏玩，一是怨恨。喜欢表现残酷的情景那种病理的倾向，在被迫害的国如俄国波兰的文学中，原来也是常有的事；但中国的多是一种玩世的（Cynical）态度，这是民族衰老，习于苦痛的征候。怨恨本不能绝对的说是不好，但概括的怨恨实在与文学的根本有冲突的地方。英国福勒忒（Follett）说："艺术之所以可贵，因为他是一切骄傲偏见憎恨的否定，因为他是社会化的。"俄国文人努力在湿漉漉的抹布中间，寻出他的永久的人性；中国容易一笔抹杀，将兵或官僚认作特殊的族类，这样的夸张的类型描写，固然很受旧剧旧小说的影响，但一方面也是由于思想狭隘与专制的缘故。第五，俄国文学上还有一种特色，便是富于自己谴责的精神。法国罗兰在《超出战争之上》这部书里，评论大日耳曼主义与俄国札尔主义的优劣，说还是俄国较好，因为他有许多文人攻击本国的坏处，不像德国的强辩。自克利米亚战争以来，反映在文学里的战争，几乎没有一次可以说是义战。描写国内社会情状的，其目的也不单在陈列丑恶，多含有忏悔的性质，在息契特林（Shtshedrin Saltykov）托尔斯泰的著作中，这个特色很是明显。在中国这自己谴责的精神似乎极为缺乏：写社会的黑暗，好像攻讦别人的阴私，说自己的过去，又似乎炫耀好汉的行径了。这个缘因大抵由于旧文人的习气，以轻薄放诞为风流，流传至今没有改去，便变成这样的情形了。

以上关于中俄两国情形的比较，或者有人觉得其间说的太有高下，但这也是当然的事实。第一，中国还没有新兴文学，我们所看见的大抵是旧文学，其中的思想自然也多有乖谬的地方，要同俄国的新文学去并较，原是不可能的：这是一种的辩解。但第二层，我们要知道这些旧思想怎样的会流传，而且还生存着。造成这旧思想的原因等等，都在过去，我们可以不必说了。但在现代何以还生存着呢？我想这是因为国民已经老了，他的背上压有几千年历史的重担，这是与俄国的不同的第一要点。俄国好像是一个穷苦的少年，他所经过的许多患难，反养成他的坚忍与奋斗，与对于光明的希望。中国是一个落魄的老人，他一生里饱受了人世的艰辛，到后来更没有能够享受幸福的精力馀留在他的身内，于是他不复相信也不情愿将来会有幸福到来；而且觉得从前的苦痛还是他真实的唯一的所有，反比别的更可宝爱了。老的民族与老人，一样的不能逃这自然的例。中国新兴文学的前途，因此不免渺茫。……但我们总还是老民族里的少年，我们还可以用个人的生力结聚起来反抗民族的气运。因为系统上的生命虽然老了，个体上的生命还是新的，只要能够设法增长他新的生力，未必没有再造的希望。我们看世界古国如印度希腊等，都能有老树的根株上长出新芽来，是一件可以乐观的事。他们的文艺复兴，大都由于新思想的激动，只看那些有名的作家多是受过新教育或留学外国的，便可知道。中国与他们正是事同一律，我们如能够容纳新思想，来表现及解释特别国情，也可望新文学的发生，还可由艺术界而影响于实生活。只是第一要注意，我们对于特别的背景，是奈何他不得，并不是侥幸有这样背景，以为可望生出俄国一样的文学。社会的背景反映在文学里面，因这文学的影响又同时的使这背景逐渐变化过去，这是我们所以尊重文学的缘故。倘使将特别国情看作国粹，想用文学来赞美或保存他，那是老人怀旧的态度，只可当作民族的挽歌罢了。

【锺校】

①原无“的”字，今增。

②“陀”原作“它”。

③“想”原作“相”。

④“础”原作“碍”。

欧洲古代文学上的妇女观

一

欧洲文学的渊源，本有三支，一是希伯来思想，二是希腊思想，三是中古的传奇思想。这三种潮流本来各自消长，不相一致，到了文艺复兴时代（十五六世纪）方才会合起来，便成了近代欧洲文学的基本。我们现在所说，只是古代的情形，包含上古中古在内，那时这几种潮流还未会合，所以我们也将他分作三节，把最显著的几点极简单的说一说。

古代希伯来文学留传在今日的，便是一部《旧约》。《旧约》本是犹太教及基督教的圣书，但经了历史批评的研究，知道这一部圣书实在是国民文学的总集，里边有历史法律哲学，有诗歌小说，并非单纯的教典。本来宗教的著作都可以作抒情诗观，各派的圣书也多是国民文学的总集，如中国的《五经》便是一例，不过《旧约》整理的最完全罢了。《旧约》里关于妇女的记述，第一显著的要算《创世纪》中夏娃的故事。

耶和华上帝就用那人身上所取的肋骨，造成一个女人，领他到那人跟前。那人说，这是我骨中的骨，肉中的肉，可以称他为女人，因为他是从男人身上取出来的。因此，人要离开父母，与妻子连合，二人成为一体。

（创第二章第二二[1]至二四节）

这用亚当肋骨造成的，便是最先的女人夏娃。后来她听了蛇的诱惑，吃了智慧的果子，上帝将他们夫妻二人逐出伊甸乐园。

耶和华上帝……又对女人说，我必多多加增你怀胎的苦楚，你生产儿女必多受苦楚；你必恋慕你丈夫，你丈夫必管辖你。又对亚当说，你既听从妻子的话，吃了我所吩咐你不可吃的那树上的果子，地必为你的缘故受咒诅，你必终身劳苦，才能从地里得吃的。地必给你长出荆棘蒺藜来，你也要吃田间的菜蔬。你必汗流满面才得糊口，直到你归了土，因为你是从土而出[2]的；你本是尘土，仍要归于尘土。

（第三章十六至十九节）

以上男女创造的神话，当时当作神授的经训。历史的事实，原有很可非难的地方，但是现在大家既然承认他只是古代的传说，我们从思想上去考察他，却也有许多兴味。世界造成的始末，原是一切的人所想知道的，所以各民族间都有一种创世的神话。但是还有几个问题更为切要，如性的牵引，人生的辛劳苦楚，在古人的心目中都很神秘，不容易了解，于是只好用神话来说明他，上文所引的便正是这一类的起原的神话（Aitiological Myths）。农业的辛[③]劳，女人生育的苦楚的起原，他们便用了夏娃的故事去做解释。两性的神秘的牵引，他们自然更不明了，所以也是那样解释；这肋骨的话看去虽然很是粗鄙，但在类似的传说中却是比较的更有意义，近代的许多性的神秘主义的新思想，还是从此而出的（见本文第三节）。男性的强烈容易感受异性的激刺，古时的人便倒果为因的归罪于女性的诱惑；女性的成年又归罪于蛇的诱惑，在古代及野蛮民族里，以月经为蛇或魔鬼的作为的思想，甚是习见：这是对于那故事的学术的说明。至于女人的被轻视，乃是弱性（Weaker Sex）必然的运命，而且古代著作都出于男子之手，又在那样的时代，原是不足怪的了。

《旧约》里几篇历史上所描写的犹太社会，大半还是家长制度时情形，英国伯列（Bury）教授在《思想自由史》上说他反映出低级的文明，里面还充满着野蛮的习惯。他们的共通的信仰是人皆有罪，因此便发生祭祀与洁净两种思想。《利未记》一篇记的很是仔细，关于妇女的是这样说：

> 若有妇人怀孕生男孩，他就不洁净七天，像在月经污秽的日子不洁净一样。……他若生女孩，就不洁净两个七天。
>
> （利第十二章二又五节）

再并第十五章十八节以下看起来，希伯来的禁欲思想差不多已很明显了。《新约》虽然是用希腊文写的，但实在仍是希伯来思想的典册。《马太福音》里说：

> 门徒对耶稣说，人和妻子既是这样，到不如不娶。耶稣说，这话不是人都能领受的，惟独赐给谁，谁才能领受。因为有生来是阉人，也有被人阉的，并有为天国的缘故自阉的，这话谁能领受，就可以领受。（太第十九章十至十二节）

耶稣在《福音》里虽然没有正式的宣示，但是以独身为正的意思，已经即此可见。他在迦拿赴婚宴的时候，对他的母亲说：

> 妇人，我与你有什么相干。
>
> （约第二章四节）

这句话里无论藏着怎样的奥义，我们只照文字解说，拿来作希伯来思想的妇人观的题词，没有什么不适当的地方。

《旧约》里纯文学方面，有两篇小说，都用女主人公的名字作篇名，是古文学中难得的作品；这便是《以斯帖记》和《路得记》。以斯帖利用她的波斯王后的地位，破坏波斯大臣哈曼的阴谋，救了犹太一族的灭亡。路得是摩押族的女子，嫁与犹太人为妻，夫死无子，侍奉老姑回到伯利恒，后来依了犹太旧律，嫁给亲族中的波阿斯，便是大卫王的先祖。这两篇都是二千二百年前所作，艺术上很有价值，《以斯帖记》有戏剧的曲折，《路得记》有牧歌的优美。两个女主人公也正是当时犹太的理想中模范妇人，是以自己全人供奉家族民族的人，还不是顾念丈夫和儿子的贤妻良母，更不是后来的有独立人格的女子了。

《旧约》里的《雅歌》八章，是一种特别的作品。从来的注释者都将他作宗教诗看，说是借了爱情表现灵魂与教会的关系的，但近来批评研究，才知道这实在是普通的恋爱歌，并没有别的奥义。英国摩尔敦（Moulton）教授等以为他是一篇牧歌，所叙的是所罗门王的事。但美国谟尔（G. F. Moore）博士说这是结婚时所唱的情歌的总集，所罗门不过是新郎的一种美称，这话似乎更为确实。《雅歌》中有一节道：

> 求你将我放在你心上如印记，带在你臂上如戳记，因为爱情如死之坚强，嫉恨如阴间之残忍。所发出的电光，是火焰的电光，是耶和华的烈焰。爱情，众水不能息灭，大水也不能没。
>
> （歌第八章六至七节）

我们看了这歌，觉得在禁欲思想的希伯来文学中，也有这样热烈的恋爱诗，仿佛很是奇异；但因此也可以得到一个教训，知道人性里灵肉二元原是并存，并不是可以偏废的了。

二

希腊思想普通被称作现世主义的思想，与希伯来的正相对抗，但他文学上的妇女观，并不见得比犹太更为高上。这也是时代使然，英国西蒙士（Symonds）说，“希腊的对于妇女的轻蔑，指示出他们光辉的但是不完全的文明上底一个最大的社会的污点”，批评的很是适当。不过因为这是根于社会制度，并不从宗教信仰而来的，所以如《利未记》中所说的那种思想也就没有。希腊的宗教并不禁忌妇人，有几种女神的崇拜还有专用女祭司的，至于女子的歌队舞队更是很普通的了。

希腊的女人创造传说，在海希阿陀思（Hesiodos）的诗里，便是有名的般陀拉（Pandora）的故事。普洛美透思（Prometheus，意云“先见”）与他的兄弟遏比美透思（Epimotheus，“后见”）共造万物及人类，但是因为普洛美透思过于袒护人类，大神宙斯（Zeus）对他生了仇恨，想设法陷害他们。他命锻冶之神依照女神的式样造了一个女人，却放上一颗狗的心肝，然后叫众神大家资助，给她一切的技艺与美，便称她为般陀拉，意思就是“众赐”。大神将她送去给普洛美透思，但他知道宙斯的计画，辞谢不受；又去送给他的兄弟，遏比美透思便收受了，娶她为妻。般陀拉有一个箱子，是神给她的，嘱咐不可开看；她的好奇心却引诱她破了这个戒约，箱盖一启，里面关着的罪恶辛苦疾病，都飞了出去，只剩了一个希望，当她慌忙放下箱盖的时候，被关在里边，不曾飞出。自此以后，人生便多不幸，没有希望了。希腊的传说虽然也说人间病苦的原因起于女子，但与希伯来不同，因为他不曾含有以女子为不净的观念；他的对于女子的轻蔑，只是从事实上得来，不过是男尊女卑的社会里一种平常的态度罢了。般陀拉虽然称是最初的女人，但是以前已有人类；至于未有女人以前的人类怎样的衍续下来，这一个难解的问题，诗人却未曾说及。

诃美洛斯（Homeros，或译荷马）两篇史诗，本是叙英雄战争冒险的事，但女人也颇占重要的位置，如《伊里恩的诗》（*Ilias*，通俗称 *Iliad*）里的安特洛玛该（Andromakhe）及《阿迭修斯的诗》（*Odysseia*，通称 *Odyssey*）里的沛纳洛贝（Penelope），都是世间模范的贤妇，描写的很有同情。还有造成伊里恩大战争的海伦纳（Helene），在道德上本来很有可以非难的地方了（她本是斯巴达王后，随了伊里恩王子逃走，斯巴达王号召希腊各邦来攻伊里恩，苦战十年，才将这座城攻破了），但是希腊诗人对于她也很是宽容，并没有加上什么破家倾国这些称号；有人还做了辨正，说跟了伊里恩王子去的只是她的影像，自己却隐居在埃及。我们从这里很可以看出希腊的特有的精神。平民诗人像海希阿陀思的人，很透彻的看见人世的苦辛，所以不免将苦味连带的加到弱性上去；但他们又是现世思想的、尚美享乐的民族，他们的神祠里有威严的大神，也有恋爱女神亚孚罗迭推（Aphrodite）。他们以海伦纳为美的化身，常住的青春的实体，恋爱女神的表现，因此自然发生一种尊崇的感情。等到雅典文学时代，悲剧诗人多喜在神话传说上，加上一层道德的解释，于是海伦纳的生平又不免有许多缺憾发现了。

史诗时代以后，诗歌很是发达，但纯粹的抒情诗不很盛，最多的是格言诗讽刺诗及仪式上用的合唱的歌。我们在这三种诗的性质上，可以豫料他对于妇女恋爱等的题目，未必有赞美的话。格言及讽刺诗在文学的谱系上，从海希阿陀思派史诗出来，与后来的戏剧及哲学相接联；在这样的常识的文艺作品上，感情当然不能占什么重要的位置；从当时的常识看来，妇女自然是弱性，结婚只是买卖了。合唱歌原系祭祀竞技等时的歌曲，于是一方面关系也就较少。我们现在从讽刺诗里举出两个例来，可以见其一斑。舍摩尼台斯（Semonides）有一首一百十九行的长诗，形容十类的女人，用十种物事做比喻。他起首说：

> 最初神造女人的心，成种种不同的性质。他造一种人，像硬毛的猪。她的家里各物凌乱，沾染污泥，在地上乱滚。她自己也污秽，穿着不洗的衣服，坐着，在粪堆里肥壮起来。

其次列举狐、狗、泥、海水、驴、鼬、马、猴为比，最后一种是蜜蜂，是唯一的良妻了；但他还总结一句说：

> 宙斯造了这最上的恶，——便是女人；他们好像是好的，但你去得了来的时候，她便变了

祸祟。

他的话可以算是苛酷了，可是还不能比“辣诗人”息坡那克思（Hipponax）的这两句诗：

女人给男子两个快乐的日子，
在她结婚及出丧的时候。

希腊的抒情诗虽然流存的很少，但因为有一个女诗人萨普福（Sappho），便占了世界第一的位置。她是列色波思（Lesbos）岛的人；原来住在那边的希腊人属于爱阿里亚族，文化最高，风气也最开通，女子同男人一样的受教育，可以自由交际，不像雅典的将女子关在家里，作奴隶看待，也不像斯巴达的专重体育，只期望她生育强健的子女；所以列色波思当时很多女诗人，大家时常聚会，仿佛同后来雅典的哲学家讲学一样，萨普福便是这样团体里的领袖。她的古今无比的热烈的恋爱诗，历来招了许多的误解，到了四世纪的时候，法王命令将她的诗集和别的所谓异教诗人的著作，一并烧了；因了这回热心的卫道的结果，我们所能看见的女诗人的遗作，只剩了古代文法字典上所引用的断片，一总不过百二十则，其中略成篇章的不及什一了。但便是这一点断片，也正如《希腊诗选》的编者 Meleagros 说，“花虽不多，都是蔷薇”。她的恋爱诗第一有名的是《寄所爱》（*Eis Eromenan*，此字系女性），只是极不容易译。我们现在抄译几则短句，也可以知道她的恋爱的意见了。

爱（Eros）摇我的心，如山风落在栎树的中间。　　（断片四二）

爱摇动我，——融化支体的爱，苦甜，不可抗的物。　　（同四十）

这苦甜（原语是甜苦 Glykypikron）一句话，便成了后来许多诗人的爱用语。下列的两行，却又似柏拉图（Plato）的哲学问答里的话了。

看了美的人，必是善的。
善的也就将要美了。　　（断片百一）

希腊戏剧起源于宗教，他的材料差不多限于神话及英雄传说；但是戏曲家的作法和思想逐渐改变，所以在这范围内也就生出差异来了。最初的悲剧家爱斯吉洛斯（Aiskhylos）用了他虔敬的宗教思想，解释传说的意义，他的悲剧里的妇女（其实连男子也是如此）都不过是所谓上帝的傀儡，如遏来克忒拉（Elektra）的为父复仇，许沛美斯忒拉（Hypermestra）的背父从夫，一样的是神意，没有个人的自由意志。所福克来斯（Sophokles）不管这些宗教和道德上的意义，只依了普通的心理，描写古时的事情，剧里的女性更有独立的性格了；如安谛戈纳（Antigone）因为葬兄得罪，甘心就死，做了英雄的事，实际上却仍是一个温和的弱女子，并不是人情以外的女英雄，他的艺术更精美了。但思想最特别的，要算是欧立比台斯(Euripides)。他生在二千四百年前，思想却很进步，凭了理性，批评传统的伦理，欧洲人常将他比现代英国戏剧家伯纳萧（Bernard Shaw)。他的剧里多描写世间所谓恶德的女人，所以被称为憎恶女性者（Misogynistes)，其实是正反对的；他对于他们很有同情，或者还有多少的辩护。譬如美代亚（Medea）因其夫他娶，用法术谋害新妇，又杀了自己的子女，驾飞龙车逃去；又法特拉（Phaidia）爱前妻之子，被他拒绝，便诬陷他致死，随后她也悔恨自杀。这两个人，在平常的眼光看来都是恶妇了；但欧立比台斯知道“爱情如死之坚强，嫉恨如阴间之残忍”，共同的人性到处存在，只因机缘凑合，不幸便发生悲剧，正如星星的火都有燎原的可能性，不过有的不曾遇风，所以无事罢了。理想的悲剧能够使人体会剧里人物的运命，感到悲哀，又省察自己的共同的人性，对于将来感到恐怖：欧立比台斯的著作可以当得这个名称。他的剧里也有淑女，如亚尔开谛思（Alkestis）替丈夫的死，但我们所感到的不单是她的贞诚勇敢，却多看出她丈夫的利己与卑怯，这又是作者的手段与他的微意之所在了。

希腊悲剧这题目很是广大，现今只就关于妇人问题的略略一说；至于喜剧因为流传的很少，又性质上原是一种讽刺的俗曲，对于妇女大抵都是讥笑的态度，与讽刺诗人相似，所以现在也不再说及了。

三

中古时代的思潮，以基督教为本，因了社会情状的关系，生出种种变化，如骑士制度，圣母崇拜等，错杂起来便造成中世的传奇思想。基督教本是希伯来思想的嫡裔，但经过耶稣的修改，对于妇女的严厉的意见，已经宽缓一点了。但到使徒的手里，不免又苛刻了许多，而且教会的作止规条逐渐制定，于是摩西的精神重复得势了。如圣保罗说：

> 你们当顺着圣灵而行，就不成就肉体的情欲了。因为情欲和圣灵相争，圣灵和情欲相争。
>
> （加拉太书第五章十六至十七节）
>
> 那些属基督的人，是已经把肉体，连肉体的邪情私欲，同钉在十字架上了。
>
> （又第二十四节）
>
> 男不近女倒好。　　（哥前第七章一节）

这个禁欲思想，直到路德出现为止，很占势力。这原是理想的出世法，但对于世间法他也有这几种教训：

> 叫自己的处女出嫁是好，不叫她出嫁更是好。
>
> （哥前第七章三十八节）
>
> 各人的头就是基督，女人的头就是男人。
>
> （又第十一章三节）
>
> 女人要沉静学习，一味的顺服。我不许女人讲道，也不许她辖管男人，只要沉静。因为先造的是亚当，后造的是夏娃。且不是亚当被引诱，乃是女人被引诱，陷在罪过里。
>
> （提前第二章十一至十四节）
>
> 并且男人不是为女人造的，女人乃是为男人造的。（哥前第十一章九节）
>
> 他们（指女人）总要顺服，正如律法所说的。
>
> （又第十四章三十四节）

以后教会的神父便更变本加厉，又因了当时罗马王朝侈华恣肆的反动，造成极端的厌世憎女的思想。台土利安（Tertulian）说：

> 女人！你应该穿着丧服破衣走，你的眼里满盛哀悔之泪，使人们忘记你是人种的祸祟。女人！你是地狱的门。
>
> 人必当独身，纵使人种因此而绝灭。

圣奥古斯丁（Augustine）说：

> 独身者将在天上辉耀，如光芒的众星；生他们的父母却像无光的星。

阿列根（Origen）说：

> 结婚是非神圣而且不洁，是私欲的一种方法。

他这样说，也便实行他的主义，自宫以避诱惑了。（以上多据德人倍贝尔《妇人论》中所引。）这样下去，非人情的禁欲主义，差不多完全主宰了世界。到六世纪玛松（Macon）会议，遂有女人有无灵魂与人格的讨论，他的结果是大多数的否决！

但是六世纪以后，欧洲政教的形势也逐渐改变了。罗马东迁，小国纷纷建立，遂成封建制度；新兴民族受了教会热心的劝导，也都转为基督教徒，于是圣母崇拜突然兴起，和封建底下的骑士制度联合，造成那种传奇的妇女崇拜。原来欧洲各民族在未受基督教的洗礼以前，各有他们自己的宗教，教会虽然使他们在仪式上改了宗，但是根柢上的异教思想，一时不能变换；所以教会里用了剿抚兼施的办法，一面将势力较小的诸神悉数打倒，并入地狱里，做撒但的部下；一面却将在民间占有势力的诸神提拔起来，改换名称，分配作古代的圣徒，如海神变为圣尼古拉之类。馀下一个最大的女神，南欧的亚孚罗迪推（Aphrodite）或威奴思（Venus），北欧的遏陀（Edda）或弗勒雅（Freya），都是代表女性体用的大神，生气的宗教之主体，便被改作圣母；于是以前不大被人尊重的圣马理亚，至此遂成了普遍的崇拜了。

骑士制度的完成，却纯是政治上的关系。一国的王并不是直接的统辖臣民，借了租税力役，保守他的国土；他将土地分封给人，为侯伯等，有事的时候，便专靠他们的帮助。侯伯等诸贵族又招养许多武士，替他们出力，因为武士都是擐甲骑马，所以称作骑士。这骑士制度实在只是一种主仆关系，武士这一字（英国作 Knight）本有仆役的意思；不过他是仆而非奴，故地位稍为尊严，也较自由。但是他仆役的职务，原是存在，对于他的主人，有绝对忠顺的义务。他的主人在宗教上有神的父子及圣母，在政治上有王与直接的主君——及主母。因为主君有时以战争外交种种关系，暂时离家，他的统治城堡的威权，便由他的妻来代表，所以贵族的夫人们，在他们属地内也得了极大的尊崇，有这圣母与主母两重的崇拜正在流行，一般女性的价值，就因之增高。在一方面游行骑士的训条，于为宗教及主君尽忠之外，又誓言尊敬妇女，一方面骑士文学的恋爱歌，也渐以发生了。

〔关于中世尊重妇女的事业，颇有疑问。德国倍贝尔(A. Bebel)便极不相信，在《妇人论》第一分卷中云："空想的传奇派与有心计的人们，努力的想将这个时期（十二至十四世纪）当作道德的时代，真诚的尊敬妇女的时代。……其实这时候，正是极凶的私刑法的时代，一切组织都散漫了，武士制度差不多变了路劫强盗和放火的职业。这样行着最残暴的凶行的时代，决不适宜于温柔与诗的感情的发达，而且他反将当初存在的，那一点对于女性的敬意，毁坏净尽了。……"这就事实上说，当然是如此，但我们可以确说，在文艺上当初曾有这一种思想的表现，便是倍贝尔自己也原是这样说。〕

骑士文学的发生，我们可以将他称为人们对于女性的解放的初步。在异教时代，男女可以自由的歌咏恋爱的甜苦；基督教来了，把人类的本能统统抹杀，他们虽然照旧结婚生殖，但如圣耶隆姆(Jerome)说：

> 结婚至好也是一件恶行，我们只能替他强辩，替他祓除。

所以世间以为男女关系是不得已的污恶，不是可以高言的，更无论咏叹了。（因这污恶的观念，养成一种玩世态度，作放纵的诗歌的，是禁欲思想的别一方面的当然的果实。）到了这时代，女性以圣母和主母的两种形式，重复出现于世，潜伏着的永久的人性，在诗人胸中觉醒过来，续唱他未了的歌，正是自然的事。但是这两个女性的代表，虽然同是女人，却都有神圣威严围绕着，带着不可逼视的光芒，诗人的爱于是也自然的离了肉体，近于精神，差不多便替文艺复兴时代的“柏拉图的爱”（Platonic Love）做了先驱了。

骑士文学的发达，是逐渐的。最初是史诗的复活，借了十字军护教的英雄，咏叹人生的活动，先是叙战争，次叙冒险，随后叙恋爱；先是专讲正教的人物，其后也渐及异教。但这都是叙事一面，到了普洛凡斯（Provence）文学兴起，于是抒情诗遂占势力，恋爱成了诗中的主题。这个倾向，在欧洲文学界上本来是共通的，普洛凡斯（即法国南部一带）地处南方，思想又较自由，所以首先发现；他的影响渐渐由南而北，遂遍西欧。普洛凡斯的这种诗人，特别有一种名称，叫作忒洛巴陀耳（Troubadour），多是武士或贵族出身。他们诗里的主旨是爱，——对于神及女人之爱。但是两者几乎有混同的倾向，因为忒洛巴陀耳的恋爱的对象都是已婚的主妇，并非处女，诗中只有爱慕而无欲求，也没有结婚的愿望。这个原因，上面已经说及，便是这里的所谓恋爱，并非平等关系，乃是从主仆关系出来的，所以诗中的爱人在实际是威严的主母，与圣母之可仰而不可即仿佛一样。诗人的“恋爱的服务”（Service of Love），先为诗歌的请求，倘主母许可，正式的与以接吻及指环等亲身之物，以为印证，以后便承受他的诗的赞美。这恋爱的服务虽然因为公认恋爱，可以说是人性解放的初步，却还受各种束缚，有许多非人情的地方。他们所爱的既然是一个神圣的偶像，——圣母或主母——诗中的恋爱因此也自然是理论而非经验，是理想上的当然而非人情上的必然：这正是不得已的缺点。理论的恋爱虽然可以剖析的很是微妙，但没有实际的无穷的变化，所以忒洛巴陀耳的诗只以巧妙胜，不以真挚胜。英国且德（H. J. Chaytor）在所著《忒洛巴陀耳》（*The Troubadours*）中总叙这类恋爱诗的要旨云：

> 诗人首先赞美其所爱者；她在肉体上精神上都是完全，她的美照耀暗夜，她的出现能使病者愈，使悲者喜，使粗暴者有礼，等等。诗人的对于她的爱与贞壹是无限的：和她分离将比死更坏；她的死将使世界无欢；而且他欠她一切所有的善或美的思想。这只为她的缘故，他才能够歌吟。与其从别人受到最高的恩惠，他宁可在她手里受无论怎样的苦痛和责罚。……这个热情变化了他的性质：他是一个比先前更好更强的人，预

备饶恕他的仇敌，忍受一切肉体的艰苦；冬天在他同愉快的春天一样，冰雪像是柔软的草地和开花的原野。但是如或不见还报，他的热情将毁灭他；他失了自制，同他说话也不听见，不能吃，不能睡，渐渐变成瘦弱，慢慢的陷到早年的坟墓里去了。即使这样，他也不悔恨他的恋爱，虽然他（指爱）引他到苦与死里去，他的热情永久的变强，因有希望扶助着他。但是倘若他的希望实现了，他欠这一切，都出于夫人的慈惠，因为他自己的能力是一点都不能有所成就的。

我们在这里再引一节颂圣处女马理亚的诗，忒洛巴陀耳的恋爱诗风差不多可以略见一斑了：

夫人（Domna），无刺的蔷薇，甜美在一切花之上，结实的枯枝，不劳而生谷的地，星，太阳之母，你自己父亲（指神）的保母，在世界上或远或近，没有女人能够像你。（案枯枝意即指处女。）

夫人，净而且美的处女，在产前如此，其后亦然；耶稣基督从你受了肉身，而不使生瑕，正如太阳照时，美光通过窗上玻璃而入内。

这种骑士的诗歌，虽然有一种窠臼，但是略能改正社会上对于妇女的观念，颇有功绩。德国同派的诗人于赞美意中的个人以外，兼及女性的全体，其态度尤为真诚而平允。如来因玛耳（Reinmar von Hagenau）诗云：

女人，怎样的一个祝福的名！

说来怎样的甜美，想来怎样的可感谢！

乌尔列息（Ulrich von Lichtenstein）云：

我想神不曾造过比女人更好的物。

又诗云：

女人是净，女人是美，
女人是可爱而且优雅，
女人于心里困苦的时候是最好，
女人带来一切的好事，
女人能召男人向名誉去；
阿，能承受这些的人是幸福了。

至于华尔德（Walter von der Vogelweide）下面的话，又与但丁（Dante）的意见相一致了：

恋爱的最好的报酬，是男子自己品格的增高。

有着好女人的爱的人，
羞耻一切的恶行。

以上所说，是中古时代顺应了社会潮流而发生的一派文艺思想，但同时也别有反抗的一派，占有相当的势力。在各种传奇（Romance，散文或韵文的，多含神异分子的故事）里最为习见，如福斯德（Faust）博士卖灵魂求快乐，丹诃什尔（Tannhäuser）入爱神山（Venusberg）之类，便是一例，但在弹词《奥加珊与尼古勒德》（*Aucassin et Nicolette*）里，这趋向最为明了。奥加珊爱奴女尼古勒德，但是他的父亲伯爵不答应，叫女的教父子爵劝诫他，说倘若娶了尼古勒德，将坠地狱，不得往天堂里去。奥加珊答说：

在天堂里我去干什么呢？我不想进去，我只要得我的甜美的朋友，我所挚爱的尼古勒德就好了。因为往天堂去的，都是那些人：那老牧师们，老跛脚和那残废者，他们整天整夜的在神坛前，在教堂底下的窟室里咳嗽；那些穿旧外套和破衣服的人们；那些裸体、赤足、都是伤痕的；饥饿干渴，寒冷困苦而死的。这些人们往天堂去，我与他们一点都没有干系。但是地狱里我却愿去。……我愿到那里去，只要有我的甜美的朋友尼古勒德在我的身旁。

其后叙述尼古勒德从幽居中逃出，月夜经过园中的情景，令人想起所罗门的《雅歌》：

她用两手拿着衣裾，一手在前，一手在后，轻轻的在堆积在草上的露里挨着，这样走过了花园。她的头发是黄金色，垂着几缕爱发；她的眼睛，蓝而带笑；面色美好，嘴唇朱色，比夏天的蔷薇或樱桃更红；牙齿白而且小；她的乳坚实，在衣下现出，如两个圆果；她的腰很细，两手可以围过来。她走过去的时候，踏着雏菊，花映在伊的脚背和肉上，仿佛变了黑色，因为美丽的少年处女是这样的白。

在《浪游者之歌》（*Carmina Vagorum*）集里，也多有这类赞叹肉体美的句子，如：

额呵，喉呵，嘴唇呵，面颊呵，
都给与我们恋爱的资粮；
但是我爱那头发，
因为这是黄金的颜色。

又如《美的吕提亚》（*Lydia bella*）的首节云：

美的吕提亚，你比清早的新乳，
比日下的嫩百合还要白！
同你的玫瑰白的肉色相比，
那红蔷薇白蔷薇的颜色都褪了，
那磨光的象牙的颜色都败了。

（据英国西蒙士编《酒与女人与歌》）

《浪游者之歌》是当时在欧洲各大学游学的少年教士所作，用拉丁文，多仿颂歌体，而诗的内容，却是西蒙士所说的酒与女人与歌，我们从这里可以看出禁欲思想的失败，知道将有什么新的发展要出现了。

这新的发展，便是文艺复兴与宗教改革。文艺复兴是异教精神的复活，但是伊大利的文艺家用了和平手段，使他与基督教相调和，顺了骑士文学的思潮，将希腊思想渡了过来。宗教改革本是基督教的中兴，改革者却出于激烈反抗的态度；路德根据了自然的人性，攻击教会的禁欲主义，令人想起浪游者的诗，实在是颇妙的一个反比。路德说：

> 凡是女人，倘若她不是特别的受过上天的净化，不能缺少男人的伴侣，正如她不能缺少食饮睡眠，或别的肉体需要的满足一般。凡男子也不能缺少女人的伴侣。这理由是因为在我们天性里，深深的种着生育的本能，与饮食的本能无异。所以神使人身上有肢体血管精液，并一切必需的机官。倘有人想制止这自然的冲动，不肯容人性自由，他正如想制止自然令弗自然，制火令弗烧，制水令弗湿，制人令弗食饮睡眠。

这一节话，即以现在的眼光看来，也非常精确，几乎是现代讲“性的教育”（Sex-education，以性的知识授予儿童，谓之性的教育，或译两性教育，不甚妥）的学者的话了。但他又说：

> 将妇女拿出家庭以外，他们便没用了。……
> 女人是生成管家的，这是她的定命，她的自然律。

我们可以知道，他的意见终是片面的。因为他在这里又过于健全，过于实际的；正如文艺复兴的文人的"柏拉图的爱"，因为过于理想，过于抽象，也不免为片面的一样。

伊大利诗人但丁（Dante）和同时的彼得拉耳加（Petrarca）一样，一面是文艺复兴的前驱，一面又是忒洛巴陀耳的末裔。他的《神的喜剧》（*Divine Comedy*）里面，包罗中世的政教道德思想的纲要，他的《新生活》（*Vita Nuova* = *New Life*）又是醇化的恋爱观的结晶。他在九岁的时候，遇见贝亚忒列契（Beatrice，这是假名，即忒洛巴陀耳诗学上所谓诗名Senhal)，便发生初次的，亦是永久的恋爱，如《新生活》上所说，他看见了"比我更强的神"——爱神——了。但是那女人终于不很理他，正与彼得拉耳加所爱的劳拉（Laura）一样，但丁却终身没有改变，因为他的爱是精神的，不以婚姻为归宿，仿佛是忒洛巴陀耳的"宫廷之爱"（Courtly Love)，而更为真挚。在但丁这爱的经验，实在是宗教的经验（据弗勒丘著《妇人美的宗教》中所说)，圣书上"神即是爱"这句话，便是他的说明。世间万有都被一个爱力所融浸，这也就称作神；人们倘能投身爱流，超出物我，便是与神合体，完成了宗教的究竟大愿。但是人多关闭在自我的果壳里，不易解脱，只有在感着男女或亲子之爱的顷刻，才与普遍的力相接触，有一个出离的机会。由爱而引起的自己放弃，是宗教上的一种最要素，所以爱正可以称为入道之门。但丁以见贝亚忒列契之日为新生活的发端，以爱的生活为新生活的本体，便是这个意思了。

但丁的恋爱观，本出于忒洛巴陀耳而更为精微真挚，又是基督教的，与文艺复兴时的“柏拉图的爱”相似而实不同，柏拉图在《宴飨》（*Symposion*）篇中记梭格拉第述女祭司神荣（Diotima）之言云：

> 进行的次序，或被引而历经所爱事物的次序，是以世上诸美为梯阶，循之上行，以求他美：自一至二，自二以至一切的美形，自美形至美行，自美行至美念，自美念以上，乃能至绝对美的概念，知何为美的精华。……这是人所应为的最高的生活。从事于绝对美的冥想。
>
> 爱是最上的力，是宇宙的、道德的、宗教[④]的。爱有两种，天上的与世间的：世间的爱希求感觉的美，天上的爱希求感觉以上的美。因为感

觉的美正是超感觉或精神的美的影子。所以我们如追随影子，最后可以达到影后的实体，在忘我境界中得到神美的本身。

（《妇人美的宗教》七）

感觉美的中间，以人体美——就中又以妇人美为最胜。又依善美合一之说，人的容貌美者，因他有精神美——即善——的缘故，譬如灯笼里的火，光达于外。因此在文艺复兴时期，妇人——美妇人的位置与价值，很是增高。但是如英国弗勒丘（J. B. Fletcher）在《妇人美的宗教》里说：

柏拉图的爱，从人情上说来，是自私的。他注视所爱的面貌，当作他自己冥想的法喜的刺激剂。这几乎有点僵尸（Vampire）似的，他到处游行，想像的吸取少女及各物的甜美，积贮起他的心的蜜房。

因此文艺复兴的尊重妇女，也不是实在的，正如中古的女人崇拜一样，但是新的局面却总由此展开了。（文艺复兴时代，在本篇范围之外，故不详说。）

综观以上所说中古以前文学上的妇女观，差不多总在两者之间，交互变换，不将女人当作傀儡（这字的意义，实在不能与英文的 doll 相当。古书里说老莱子弄雏于其亲侧，这雏字倒颇适切，只可惜太古了。日本有一种小儿祝日所祭的人形，还称作雏），便当作偶像！但这是时代的关系，无足怪的。历来的文学，本来多出在男子的手里；便是女人所作，讲他们自己的，也如英国约翰弥勒（J. S. Mill）所说，大半是“对于男子的谄媚”。但是这些历史上的陈迹，无论怎样芜秽，却总是发生现代思想之花的土堆，——别一方面，科学的知识固然也是一个最大的助力。如耶稣说：

那起初造人的，是造男造女，并且说：“因此，人要离开父母，与妻子连合，二人成为一体。”（创二之二四）你们没有念过么？既然如此，夫妻不再是两个人，乃是一体的了。

（太第十九章四至六节）

康德（Kant）也说：

男女联合，成为一个整的全体；两性互相完成。（据倍贝尔书中所引）

又如性的神秘主义，在十八世纪以前，瑞典播格（Swedenborg）、路易斯勃勒克（Ruysbroeck）等，以基督教为本，大加提倡；到了近代，也很有这倾向，但是经过了科学的洗礼，更为彻底了。神秘派于人间的男女亲子关系上，认出人神关系的比例，因为神是宇宙之源的“一”，万有的生活原则，本来无不与他相应，性的牵引与创造，当然可以有神的意义。现代的诗人却更进一层，便直认爱即是神，不复以爱为求神的梯阶，或神之爱的影子，即此男女亲子的爱，便有甚深无量的意义，人人苟能充他的量，即是神的生活了。他们承认男人是男人，女人是女人，小儿是小儿，这是现代科学思想之赐，也就是造成他们的平易而神秘的思想的原因了。英国嘉本特（E. Carpenter）在他的《婴孩》（*The Babe*）诗中说：

> 两个生命造出一个，只看作一个，
> 在这里便是所有的创造。

这可以称是他的现代的性的神秘主义。（他有一部《爱的成年》，讲男女问题极为正确，经郭君译出，在北平出版。）以下一节，是威尔士（H. G. Wells）的话，我们引来作本篇的结束：

> 我想，同事的欲求，将自己个人的本体没入于别人的欲求，仍为一切人间的爱的必要的分子。这是一条从我们自己出离的路，我们个人的分隔的破除，正如憎恶是这个的增厚一般。我们舍下我们的谨慎、我们的秘密、我们的警备；我们开露自己；在常人是不可堪的摩触，成为一种喜悦的神秘；自卑与献身的行为，带着象征的快

乐。我们不能知道何者是我，何者是你。我们的禁锢着的利己，从这个窗户向外张望，忘了他的墙壁，在这短的顷刻中，是解放了，而且普通了。

（据路易士著《嘉本特传》中所引）

［附记］我动手做这篇文章，是在三月中旬的病后，才成了半篇，因为旧病又发，也就中止了。迁延日久，没有续作的机会，对于编辑者及读者诸君实在很是抱歉。现在病势略好，赶即续成此篇，但是前后相距已有四月，兴趣与结构计画多有改变，山中又缺少参考的便利，所以遗漏错误在所不免，笔法亦前后不同，须求读者的原谅。

一九二一年七月二十一日，在北平西山。

【锺校】

①"二二"原作"二"。

②"而出"原作"出而"。

③"辛"原作"幸"。

④"宗教"原作"教宗"。

勃来克的诗

威廉·勃来克（William Blake，1757—1827）是英国十八世纪的诗人。他是个诗人，又是画家，又是神秘的宗教家。他的艺术是以神秘思想为本，用了诗与画，来作表现的器具。欧洲各派的神秘主义，大半从希腊衍出，布洛谛诺思所著《九卷书》中，说宇宙起源本于一，由一生意，由意生灵，即宇宙魂。个体魂即由此出，复分为三：为物性的，理知的，神智的。只因心为形役，所以忘了来路，逐渐分离，终为我执所包裹，入于孤独的境地，为一切不幸的起源。欲求解脱，须凭神智，得诸理解，以至物我无间，与宇宙魂合，复返于一。勃来克的意见也是如此，所以他特重想像（Imagination），将同情内察与理想主义包括在内，以为是入道的要素。斯布勤女士在《英文学上的神秘主义》（Spurgeon，*Mysticism in English Literature*）中有一节说：

在勃来克看来，人类最切要的性质，并非节制约束，服从或义务，乃是在爱与理解。他说："人被许可入天国去，并不因为他们能检束他们的情欲，或没有情欲，但是因为他们能培养他们的理解的缘故。"理解是爱的三分；但因了想像，我们才能理解。理解的缺乏，便是世上一切凶恶与私利的根本。勃来克用力的说，非等到我们能与一切生物同感，能与他人的哀乐相感应，同自己的一样，我们的想像终是迟钝而不完全。《无知的占卜》（*Auguries of Innocence*）篇中云——

被猎的兔的一声叫，
撕去脑中一缕的神经。
叫天子受伤在翅膀上，
天使停止了歌唱。

我们如此感觉时，我们自然要出去救助了；这并非因被义务或宗教或理性所迫促，只因愚弱者的叫声十分伤我们的心，我们不能不响应了。只要培养爱与理解，一切便自然顺着而来了。力、欲与知，在自利与不净的人，是危险的东西；但在心地清净的人，是可以为善的极大的力。勃来克所最重的，只是心的洁净，便是劳（Law）与贝美（Boehme）二人所说的欲求的方向。人的欲求如方向正时，以满足为佳——

红的肢体，火焰般的头发上，

禁戒撒满了沙；

但是满足的欲求，

种起生命的与美的果实。（案此系《格言诗》的第十章。）①

世上唯有极端纯洁，或是极端放纵的心，才能宣布出这样危险的宗旨来。在勃来克的教义上，正如斯温朋（Swinburne）所说，“世间唯一不洁的物，便只是那相信不洁的念头”。

这想像的言语，便是艺术。艺术用了象征去表现意义，所以幽闭在我执里面的人，因此能时时提醒，知道自然本体也不过是个象征。我们能将一切物质现象作象征观，那时他们的意义，也自广大深远。所以他的著作除纯粹象征神秘的《预言书》（*The Prophetic Books*）以外，就是抒情小诗，也有一种言外之意。如下面这一篇，载在《无知的歌》（*Songs of Innocence*）集内，是纯朴的小儿歌，但其实也可以说是迷失的灵的叫声；因为还有《寻得的小孩》（*The Litter Boy Found*）一诗，即是表灵的归路的历程的。

迷失的小孩（The Litter Boy Lost）

“父亲，父亲，你到哪里去?
你不要走的那样快。
父亲你说，对你的小孩说!
不然我快要迷失了。”

×

夜色黑暗，也没有父亲;
小孩著露湿透了;
泥泞很深;小孩哭了。
水气四面飞散了。

勃来克说艺术专重感兴（Inspiration），技工只是辅助的东西。凡是自发的感兴，加以相当的技工，便是至上的艺术;无论古今人的创作，都是一样可尊，分不得优劣。他的思想与艺术的价值，近来经德法批评家研究，渐渐见重于世;其先在英国只被看作十八世纪小诗人之一，以几首性灵诗知名罢了。他的神秘思想多发表在《预言书》中，尤以《天国与地狱的结婚》（*The Marriage of Heaven and Hell*）一篇为最要，现在不能译他，只抄了几篇小诗，以见一斑;但最有名的《虎》（*The Tiger*）与《小羊》（*The Lamb*）等诗，非常单纯优美，不易翻译，所以也不能收入了。

我的桃金娘树（To My Myrtle）

缚在可爱的桃金娘上，——
周围落下许多花朵，
阿，我好不厌倦呵，
卧在我的桃金娘树下。
我为甚么和你缚住了，
阿，我的可爱的桃金娘树？

这诗的初稿，本有十行，是这样的：

我为甚么和你缚住了，
阿，我的可爱的桃金娘树？
恋爱，——自由的恋爱，——不能缚住了
在地上无论什么树上。
缚在可爱的桃金娘上，
周围落下许多花朵，——
好似地上的粪土
缚住了在我的桃金娘树下，
阿，我好不厌倦呵，
卧在我的桃金娘树下。

将这两篇比较一看，便可见得前诗剪裁的巧妙，意思也更深长了。勃来克是痛恶一切拘束的人，这诗便是他对于恋爱的宣言。但他的意思是很严肃的，和他的行为一致。他说桃金娘树是美的可爱的，但他又缚住了；他爱这树，但恨被缚住了反而妨害了他自发的爱。所以他想脱去了这系缚，能够自由的爱这树；因为他的意见，爱与缚是不并存的。《格言诗》（*Gnomic Verse*）第九章所说，也是关于这问题：

柔雪（Soft Snow）

我在一个雪天外出，
我请柔雪和我游戏：
伊游戏了，当盛年时融化了；
冬天说这是一件大罪。

初稿末句，原作“阿，甜美的爱却当作罪呵！”《经验的歌》（*Songs of Experiences*）集中有《迷失的女儿》（*The Litter Girl Lost*）一章，序言也这样说：“未来的时代的儿童，读了这愤怒的诗篇，当知道在从前的时候，甜美的爱曾当作罪呵！”这与上文所引《格言诗》第十正可互相发明了。

勃来克又恶战争，爱和平的农业，《格言诗》第十四五所说，与后来 John Ruskin 希望扶犁的兵士替去执剑的兵士，正是同一的意思。

十四

剑在荒地上作歌，
镰刀在成熟的田上：
剑唱了一则②死之歌，

但不能使镰刀降了。

十五

野鸭呵，你在荒地上飞，

不见下面张着的网。

你为什么不飞到稻田里去？

收成的地方他们不能张网。

你有一兜的种子（Thou hast a Slap full of Seed）

你有一兜的种子。

这是一片好土地。

你为什么不撒下种去，

高高兴兴的生活呢？

×

我可以将他[3]撒在沙上，

使他变成熟地么？

此外再没有土地，

可以播我的种子，

不要拔去许多恶臭的野草。

勃来克纯粹的文学著作中有长诗一篇，就是《无知的占卜》，仿佛是小儿对于物象的占语，却含着他思想的精英。总序四句，最是简括。上文所引“被猎的兔”一节，便是篇中的第五第六两联。

序

一粒沙里看出世界，
一朵野花里见天国，
在你手掌里盛住无限，
一时间里便是永远。

一—二

一只笼里的红襟雀，
使得天国全发怒。
满关鸠鸽的栅栏，
使得地狱全震动。

三—四

主人门前的饿狗，
预示国家的衰败。
路上被人虐待的马，
向天叫喊要人的血。

五—六

被猎的兔的一声叫，
撕去脑中一缕的神经。
叫天子受伤在翅膀上，
天使停止了歌唱。

七—八

斗鸡剪了羽毛预备争斗，

吓煞初升的太阳。
狼与狮子的叫声，
引起地狱里的人魂。

九—十

随处游行的野鹿，
能使人魂免忧愁。
被虐的小羊，养成公众的争夺，
但他仍宥许屠夫的刀子。

象征的诗，辞意本多隐晦，经我的一转译，或者更变成难解的东西了。俄国诗人 Sologub 说：

> 吾之不肯解释隐晦辞意，非不愿，实不能耳。情动于中，吾遂以诗表之。吾于诗中，已尽言当时所欲言，且复勉求适切之辞，俾与吾之情绪相调合。若其结果犹是隐晦不可了解，今日君来问我，更何能说明？

这一节话，说得很好，可以解答几多的疑问，所以引来作勃来克的说明。至于译语上的隐晦或错误，当然是译者的责任，不能用别的话辩解的了。

一九一八年。

【锺校】

①案语刊《少年中国》，入集时删去。

②“则”《少年中国》作“支”。

③原无“他”字，据《少年中国》增。

日本的诗歌

一

小泉八云（Lafcadio Hearn）著的 *In Ghostly Japan* 中，有一篇讲日本诗歌的文，说道——

诗歌在日本同空气一样的普遍。无论什么人都感着，都能读能作。不但如此，到处还耳朵里都听见，眼睛里都看见。耳里听见，便是凡有工作的地方，就有歌声。田野的耕作，街市的劳动，都合着歌的节奏一同做。倘说歌是蝉的一生的表现，我们也仿佛可以说歌是这国民的一生的表现。眼里看见，便是装饰的一种；用支那或日本文字写的刻的东西，到处都能看见：各种家具上几乎无一不是诗歌。日本或有无花木的小村，却决没有一个小村，眼里看不见诗歌；有穷苦的人家，就是请求或是情愿出钱也得不到一杯好茶

> 的地方，但我相信决难寻到一家里面没有一个人能作歌的人家。

芳贺矢一著的《国民性十论》第四章里，也有一节说——

> 在全世界上，同日本这样，国民全体都有诗人气的国，恐怕没有了。无论什么人都有歌心（Utagokoro），现在日本作歌的人，不知道有多少。每年宫内省（即内务府）进呈的应募的歌总有几万首。不作歌的，也作俳句。无论怎样偏僻乡村里，也有俳句的宗匠。菜店鱼店不必说了，便是开当铺的，放债的人也来出手。到处神社里的匾额上，都列着小诗人的名字。因为诗短易作，所以就是作的不好，大家也不妨试作几首，在看花游山的时候，可以助兴。

这诗歌的空气的普遍，确是日本的一种特色。推究他的原因，大约只是两端。第一，是风土人情的关系。日本国民天生有一种艺术的感受性，对于天物之美，别能领会，引起优美的感情。如用形色表现，便成种种美术及工业的作品，多极幽雅纤丽；如用言语表现，便成种种诗歌。就在平常家庭装饰，一花一石，或食用事物，一名一字，也有一种风趣，这是极普通易见的事。第二，是言语的关系。日本语原是复音的言语，但用“假名”写了，却规定了一字一音，子母各一合并而成，联读起来，很是质朴，却又和谐。每字都用母音结尾，每音又别无长短的区别，所以叶韵及平仄的规则，无从成立，只要顺了自然的节调，将二三及三四两类字音排列起来，便是诗歌的体式了。日本诗歌的规则，但有“音数的限制”一条；这个音数又以五七调为基本，所以极为简单。从前有人疑心这是从汉诗五七言变化而出的，但英国亚斯顿（W. G. Aston）著《日本文学史》，以为没有凭据，中根淑在《歌谣字数考》里更决定说是由于日本语的性质而来的了。以上所谓原因，第一种是诗思的深广，第二种是诗体的简易；二者相合，便造成上面所说的诗歌普遍的事实。

二

日本各种的诗歌，普通只称作歌（Uta）；明治初年兴了新体诗，虽然颇与古代的长歌相似，却别定名曰诗。现在所说，只在这诗的范围以内。日本古时虽有长歌旋头歌片歌连歌诸种形式，流行于后世的只有短歌及俳句川柳这三种了。

长歌用五七的音数，重叠下去，末后用五七七结束，没有一定的句数。短歌只用五七五七七，总共五句三十一音合成，所以加一短字，以示区别。旋头歌用五七七的两行，合作一首；这十九音的一行，分立起来，便是片歌，但古代多用于问答，独立的时候很少，所以还是旋头歌的联句罢了。连歌便是短歌的联句，大抵以百句五十句或三十六句为一篇。以上各种歌形，从前虽然通行，后来都已衰歇，所以短歌便成了日本唯一的歌，称作和歌（Waka 或 Yamatouta 即大和歌），或单称作歌。

短诗形的兴盛，在日本文学上，是极有意义的事。日本语很是质朴和谐，做成诗歌，每每优美有馀，刚健不足；篇幅长了，便不免有单调的地方，所以自然以短为贵。旋头歌只用得三十八音，但两排对立，终不及短歌的遒劲，也就不能流行。后起的十七字诗——俳句川柳，—— 比短歌更短，他的流行也就更广了。

诗形既短，内容不能不简略，但思想也就不得不求含蓄。三十一音的短诗，不能同中国一样的一音一义，成三十一个有意义的字；这三十一音大抵只能当得十个汉字，如俳句的十七音，不过六七个汉字罢了。用十个以内的字，要抒情叙景，倘是直说，开口便完，所以不能不讲文学上的经济；正如世间评论希腊的著作，“将最好的字放在最好的地位”，只将要点捉住，利用联想，暗示这种情景。小泉氏论中有一节说道——

日本诗歌的美术上的普通原则，正与日本绘画的原则符合。作短诗的人，用了精选的少数单语，正同画师的少数笔画一样，能够构成小诗，引起人的一种感情气分。诗人或画师，能够达这目的，全凭着暗示的力量。……倘作短歌，想求言词的完备，便不免失败。诗歌的目的，并不在满足人的想像力，单在去刺激他，使他自己活动。所以“说尽”（Ittakiri）这一句话，便是批评毫无馀蕴的拙作的字样。最好的短诗，能令人感到言外之意，直沁到心里去，正如寺钟的一击，使缕缕的幽玄的馀韵，在听者心中永续的波动。

有人说这含蓄一端，系受汉字的影响，其实是不然的。日本虽然间用汉字，也是训读居多，至于诗歌里边，几乎没有音读的汉字。而且汉字与日本语，只是音的单复的不同，意义上并无什么差别：譬如中国的“莺”，就是日本语的 Uguisu，音数不同，却同是指一只黄莺；在单音的“莺”字里面，不见得比复音的 Uguisu 含蓄更多的意义。若说诗歌上的运用，

Uguisu 一语占了一句的大部分，不能多加许多属词，所以有读者想像的馀地；不比五言中的一个莺字，尚可加上四个字去，易有说尽的弊病。总之这含蓄是在着想措词上面，与音的多少并不相干。日本诗歌的思想上，或者受着各种外来的影响，至于那短小的诗形与含蓄的表现法，全然由于言语的特性，自然成就，与汉字没有什么关系。

若说日本与中国的诗异同如何，那可以说是异多而同少。这个原因，大抵便在形式的关系上。第一，日本的诗歌只有一两行，没有若干韵的长篇，可以叙整段的事，所以如《长恨歌》这类的诗，全然没有；但他虽不适于叙事，若要描写一地的景色，一时的情调，却很擅长。第二，一首歌中用字不多，所以务求简洁精炼，容不下故典词藻夹在中间，如《长恨歌》里的“鸳鸯瓦冷霜华重，翡翠衾寒谁与共”这样的句子，也决没有。绝句中的“孤舟蓑笠翁，独钓寒江雪”，略像一首咏冬季的俳句，可是孤独等字连续的用，有了说尽的嫌忌。“漠漠水田飞白鹭”，可以算得极相近了，差不多是一幅完全的俳句的意境。但在中国这七个字算不得一首诗，因为意境虽好，七个单音太迫促了，不能将这印象深深印入人的脑里，又展发开去，造成一个如画的诗境，所以只当作一首里的一部分，仿佛大幅山水画的一角小景，作为点缀的东西。日本的歌，譬如用同一的意境，却将水田白鹭作中心，暗示一种情景，成为完全独立的短诗：这是从言语与诗形上来的特色，与中国大不相同的地方。凡是诗歌，皆不易译，日本的尤甚：如将他译成两句五言或一句七言，固然如鸠摩罗什说同嚼饭哺人一样；就是只用散文说明大意，也正如将荔枝榨了汁吃，香味已变，但此外别无适当的方法，所以我们引用的歌，只能暂用此法解释了。

三

日本最古的歌，有《古事记》中须佐之男命的一首短歌，但他还是神话时代的人，《古事记》作于奈良朝（640—780A. D.），只是依照古来的传说录下，原不能据为典要；若在历史时代，神武天皇（650 B. C.）的著作，要算最早了。奈良朝的末叶，大伴家持编了一部《万叶集》，凡二十卷，所收长歌短歌旋头歌共四千五百首，为日本第一的歌集。以后每朝皆有敕选的歌集，加上私家的专集，其数甚多。德川末期（1800—1850）香川景树排斥旧说，主张性灵，创桂园派；但到了末流，渐渐落了窠臼，专重形式，失了诗歌的生命。明治二十五年（1892）落合直文组织浅香社，发起一种革新运动，后来就以他的别号为名，称作荻之舍派。从这派出来的有与谢野宽及晶子，尾上柴舟，金子薰园各家，都是著名的歌人，现代的新派和歌，大抵皆从这几派出来的。

新派的歌与旧派的区别，并不在形式上面：这两派一样的用三十一音的文字，用文章语的文法。但新派的特色，是在注重实感，不偏重技巧这一件事。与谢野晶子说明这实感的条件，共有五项，便是真实、特殊、清新、幽雅及美。倘是很平凡浮浅的思想，外面披上诗歌形式的衣裳，那便是没有实质的东西，别无足取。如将这两首歌比较起来，便可[①]以看出高下：

(1) 樵夫踏坏的山溪上的朽木的桥上，有萤火飞着。　　(香川景树)

(2) 心里怀念着人，见了泽上的萤火也疑是从自己身里出来的梦游的魂。

(和泉式部)

第一首只是平凡无聊的事，第二首描写一种特殊的情绪，就能感动别人；同是咏萤的歌，却大不相同。香川是十九世纪上半的人，又曾经开创新派，不经意时便作出这样的歌来；和泉式部是八百年前的妇人，上边所举的一首歌，因为着想真实，所以便胜数筹。因此可以知道，歌的新旧，重在这表现实感上，生出分别，并不专指时代的早晚。不过同一时代的人，在同一的空气中，自然思想感情也有同一的趋向，成了一种风气，便说是派别。若是着想平庸，渐渐流入形式的一路，那就成了旧派，虽然不必墨守哪一家的成规，也自然失其独立的价值了。

新派歌人的著作，原是十人十色，各有不同。但是感觉锐敏，情思丰富，表现真挚，同有现代的特性。今将现代的歌抄录几首译解于下——

（3）Noroi uta kakikasanetaru hogo torite,
kurokikochô-o osaenuru kana!

拿了咒[②]诅的歌稿，按住了黑色的蝴蝶。

（与谢野晶子）

关于这一首歌，著者自己的说明是："我憎恶阴郁的家庭；我憎恶逼迫我的俗恶的群众。我的心里充满了咒诅的气分。现在见了一只黑的蝴蝶飞来，便觉得这蝶也可恶，用了傍边放着的歌稿将他按住。这稿就是近来所作充满了咒诅的歌的草稿。"（此处特录原文，表示本来的形式。以下均从略。）

（4）比远方的人声，更是渺茫的那绿草里的牵牛花。（前人）

这一首里将远方听不清楚的人声，比淡淡的颜色，视觉与听觉混杂，便是现代文学上所常见的"官能的交错”。

(5) 秋天来了，拾在手里的石子，也觉得有远的生命一般。 （前人）

(6) 卧在新的稻草上，恍然闻着故乡门前田里的水的香味。 （与谢野宽）

(7) 晚间秋风吹着，正如老父敲我的肩一样。 （田村黄昏）

这是形容秋风的微弱和孤寂。

(8) 出了后门的纸障，在黑暗的路上渐渐消灭的覆盆子的声音。 （前人）

覆盆子实系酸浆，结实同纽扣一样大，民间妇女采来将他的肉挤去，只剩一个空壳，放在口内轻咬，使空气进出，吱吱的作声，当作游戏。

(9) 不必忧伤，倒出酒来，将来便把酒盖我的遗骸。 （前人）

这歌写出现代人的心里的悲哀，想借了欢乐逃避悲痛，成了一种厌世的乐天，歌里就寄寓这种感想。

(10) 宛然是避去的人一般，燕子在门前的河上，不触着水面，轻轻的掠过。 （三岛葭子）

(11) 终日撞窗上玻璃的蜜蜂，正如我徒然的为了你烦恼。 （藤冈长和）

以上所[3]举几首的歌（3—11），都是有现代的特性的著作。日本艺术家的感受性向来比中国更为锐敏，近时受了西洋的影响，更有变化了。小泉氏在所著 *Exotics and Retrospectives* 中论日本咏蛙的诗歌的一篇文章里，说及这一件事道——

> 我突然想到一件奇事，便是在我读过的几千首诗歌中间，没有一首说及触觉方面的。色香声音的感觉，很细密巧妙的表现在诗歌上；味觉便不大说及，触觉则全然付之不顾了。我想这对于触觉的沉默或是冷淡的理由，大约当在这民族的特殊气质或是心的习惯里去寻求，才可了解。不过这个问题，还不能决定。日本民族历代吃粗食过活，又如握手拥抱接吻及其他肉体上表白爱情的事，与远东人的性格都不甚相合，因此颇要疑心日本人的味觉与触觉的发达，比欧洲人更为迟钝[4]。但对于这假设，也有许多反证，如手工上触觉的发达，便是一例。

这所说的理由如何，是别一问题，但在事实上，古来说及触觉的诗歌，原极缺乏。到了现在，文艺思想既已根本的革新，从前当作偶尔寄兴的和歌，变了生命表现的文学，对于官能的感觉便没有沉默回避的态度；如上文（7）即是触觉的印象的诗，在官能派的歌人里，此类著作自然更多了。

四

俳句（Haiku）是二百年来新兴的一种短诗。古时有俳谐连歌，用连歌的体裁，将短歌的三十一音，分作五七五及七七两节，歌人各做一节，联续下去；但其中含着诙谐的意思，所以加上俳谐两个字。后来觉得一首连歌中间，只要发句（即五七五的第一节）也可以独立，便将七七这一节删去，这便叫作发句（Hokku），但现在普通总叫他为俳句了。这时候十七音的短诗，虽已成立，可是没有特别的诗歌的生命，不过用几个音义双关的字，放在中间，造成一种诙谐的诗罢了。但风气流行，也自成一派，出了许多“俳谐师”开门授徒，借此作个生计。元禄年间（十八世纪上半）俳谐师松尾芭蕉忽能悟彻，弃了旧派的言词的游戏，兴起一味闲寂趣味的诗风，便立定了文学上的俳句的基本。一日晚间听见庭中草地里的虾蟆，跳到池内去的水声，便成了一句俳句——

（12）Furuike-ya kaw zu tobikomu mizu-no oto.

古池呀，——青蛙跳入水里的声音。

这句诗在后世便大有名，几乎无人不知；这并不因其中有什么奥妙，不过直写实情实[⑤]景，暗示一种特殊的意境，现出俳句的特色，在俳句史上很有意义。以后这芭蕉派便占了全胜，定为俳句的正宗。二百年中也有过几次停顿时候，经了天明时代（十八世纪末）的与谢芜村同明治时代（十九世纪末）的正冈子规两次的改革，又兴盛起来，现在的俳句差不多全是根岸派（即子规的一派）的统系，虽然别有几种新派，却还不能得到什么势力。

俳句有两种特别的规定：第一，是季题。季题便是四季的物色和人事；俳句每首必有一个季题，如春水秋风种莳接木之类。所以凡有俳句，都可归类分作春夏秋冬四部；将所咏的季题汇集，便成一部俳谐岁时记。短歌虽然也多咏物色，但不是一定如此，四季之外，还有恋、羁旅、无常几部可分。所以根岸派俳人所定俳句的界说，是——咏景色的十七字的文学。

第二是切字（Kireji）。切字原只是一种表咏叹的助词，短歌中也有之，但在俳句尤为重要，每句必有；常用的只有 Kana 与 Nari 及 Keri 三个字，他的意义大约与“哉”相似。有时句中如不见切字，那便算作省略，无形中仍然存在。

芭蕉提倡闲寂趣味，首创蕉风的俳句；芜村是一个画人，所以作句也多画意，比较的更为鲜艳；子规受了自然主义时代的影响，主张写生，偏重客观。表面上的倾向，虽似不同，但实写情景这个目的，总是一样。现在略将各人的俳句，抄出几首，解释于下——

(13) 下时雨初，猿猴也好像想着小蓑衣的样子。（松尾芭蕉）

(14) 望着十五夜的明月，终夜只绕[6]着池走。（前人）

(15) 黄菊白菊，其馀的没有名字也罢。（服部岚雪）

(16) 菜花（在中）[7]，东边是日，西边是月。（与谢芜村）

(17) 秋风——，芙蓉花底下，寻出了鸡雏。（太岛蓼太）

(18) 木盆里养着小鸭，还有几株钱葵。（正冈子规）

以上诸作，各有美妙的意趣，但一经译解，便全失了，所以不能多举。尚有一两个特殊的俳句，如：

(19) 吊瓶被朝颜花缠住了，只得去乞井水。（加贺千代女）

这女诗人的句，语既平易，感情又很柔美，所以妇孺皆知，已成了俗语。又有小林一茶生在芜村之后，却无派别，自成一家，后人称他作俳句界中的彗星。他善用俗语入诗，又用诙[8]谐的笔写真挚的情，所以非常巧妙，又含有人情味，自有不可及的地方。如这几句，便可以见——

（20）Yasegaeru，makeruna，Issa koreni ari!

瘦虾蟆，不要败退，一茶在这里！

（小林一茶）

（21）这是我归宿的住家么？雪五尺。

（前人）

（22）小黄雀，回避——，马来了。

（前人）

此系托黄雀咏贫民的诗。

（23）秋风呀，——从撕剩的红花（拿来作供）。　　（前人）

案原题《聪女三十五日墓》，盖其幼女死后三十五日，扫墓时之作。

日本俳人通称俳句为写景的文学，但如一茶的句，已多有主观的情绪，那些景物，不过作个陪衬。即如：

（24）短夜呀，——伽罗的香味，反引起了哀愁。　　（高井几董）

原题*Kinuginu*，便是离别的早晨的意思。这句虽然咏事，实是抒情，所以这限定俳句为写景叙事，也不能甚确。近来有《新倾向句》便不必一定咏季题，又字音上也可伸缩，虽有人说他不成俳句，现在势力还不甚大，也是一种颇有意义的运动。但这十七音的诗形，究竟太短，不能十分表现个人的主观，所以也就不能成为表现个人感情的器具；因此抒情一事，恐不免为短歌及新诗所揽去，俳句仍然只能守着写景叙事的范围，也未可知。这原可说是俳句的长处，但也不免是他短处之一了。

五

川柳（Senriu）的诗形，与俳句一样，但没有季题与切字这些规则。当时流行杂俳，仿佛俳谐连歌，有种种的门类。川柳起源出于“前句附”，也是杂俳的一种。后来略去前句，单将附加的一句留下，成了独立的诗句。柄井川柳最有名，所以就将他的名字拿来作为诗的名称。他编有《柳樽》六十馀卷，有名于世。短歌俳句都用文言（一茶等运用俗语，乃是例外），川柳则用俗语，专咏人情风俗，加以讥刺。他的流行很广，但是正如爱尔兰人谟尔（G. Moore）所说，民间的文学，多是反动的；所以川柳的思想，也多是尊重传统，反对新潮，不能与现代新兴文艺，同一步调，但描写人情，多极微妙，讥刺锐利，还有江户子的馀风，也是很有趣味的诗。只因与风俗相关甚密，别国的人看了，不甚能领会，所以现在也不引用了。

日本民间的诗歌，还有俗曲一类，内中所包甚广，凡不合音乐的歌曲，都在其内，以盆踊歌、端呗都都逸为最重要。这一类短的民谣，大抵四句二十六音，普通称作小呗。最古的有《隆达百首》，为庆长年间僧隆达所撰，《诸国盆踊唱歌》及《山家虫鸟歌》也很有名。这种歌谣，自古代流传，现在尚留人口者，固是极多，随时由遍地的无名诗人撰作，远近传唱者，尤为不少。这真可算得诗歌空气的普通，比菜店鱼店的俳句川柳，尤为自然，可以见国民普遍的感情。但这事又是别一个题目，须得将来另行介绍了。

日本文学中既有短歌俳句川柳这几种诗形，民谣中又有几种，可以算得颇多了。明治时代新兴了新体诗，仍以五七调为本，自由变化，成了各种体裁；又因欧洲思想的影响，发生几种主义的派别：因此诗歌愈加兴盛了。新体诗的长处，是表现自由，可以补短诗形的缺陷。以前诗有文语两种，现在渐渐口语诗得了势，文章体的诗已少见了。这诗歌两种虽形式有异，却并行不悖，因诗人依了他的感兴，可以拣择适于表现他思想的诗形，拿来应用，不至有牵强的弊。

譬如得了一种可以作歌的感兴，做成短歌，固很适合；倘使这思想较为复杂，三十一个字中放不入，那便作成诗，自然更为得宜。与谢野晶子的几种《歌话》中论及诗歌，便是这样说法，不以短歌为唯一表现实感的文学，我以为很是切当。

这一篇稿子还是两年前的旧作，这回拿去付印，本要稍加修正，并多加几篇译歌，适值生病，不能如愿，所以仍照本来的形式发表了。

一九二一年三月二十日。

【锺校】

①原无“可”字，今增。

②“咒”原作“兕”。

③此处原衍“旧”字，已删。

④“钝”原作“纯”。

⑤“实”原作“写”。

⑥“绕”原作“续”。

⑧“诙”原作“谈”。

【原注】

⑦括弧中字系原本所无。

日本的小诗

日本的诗歌在普通的意义上统可以称作小诗，但现在所说只是限于俳句，因只有十七个音，比三十一音的和歌要更短了。

日本古来曾有长歌，但是不很流行，平常通行的只是和歌。全歌凡三十一字，分为五七五七七共五段，这字数的限制是日本古歌上唯一的约束，此外更没有什么平仄或韵脚的规则。一首和歌由两人联句而成，称为“连歌”，或由数人联句，以百句五十句或三十六句为一篇。这第二种的连歌，古时常用作和歌的练习，有专门的连歌师教授这些技术。十六世纪初兴起一种新体，参杂俗语，含有诙谐趣味，称作“俳谐连歌”，表面上仍系连歌的初步，不算作独立的一种诗歌，但是实际上已同和歌迥异，即为俳句的起源。连歌的第一句七五七三段，照例须咏入“季题”及用“切字”，即使不同下句相联也能具有独立的诗意，古来称作“发句”，本来虽是全歌的一部分，但是可以独立成诗，便和连歌分离成为俳句了。

日本的俳句从十六世纪到现在，这四百年中，大概可以说是经过四个变化。第一期在十六世纪，俳谐的祖师山崎宗鉴，“贞门”的松永贞德，“谈林”派的西山宗因（虽然时代略迟）是当时的代表人物；他们各有自己的派别，不过由我们看来，只是大同小异，诙谐的趣味，双关的语句，大概有相同的倾向。今抄录几句于下：

（1）就是寒冷也别去烤火，雪的佛呀！

（宗鉴）

（2）风冷，破纸障的神无月。[①]

（3）连那霞彩也是斑驳的，寅的年呵。

（贞德）

（4）给他吮着养育起来罢，养花的雨。[②]

（5）蚊柱呀，要是可削就给他一刨。

（宗因）

以上诸例都可以看出他们滑稽轻妙的俳谐的特色。但是专在文字上取巧，其结果不免常要弄巧成拙，所以后来落了窠臼，变成滥调了。

第二期的变化在十七世纪末，当日本的元禄时代，松尾芭蕉出来推翻了纤巧诙诡的俳谐句法，将俳句提高了，造成一种闲寂趣味的诗，在文艺上确定了位置，世称“正风”或“蕉风”的句，为俳句的正宗。芭蕉本来也是旧派俳人的门下，但是他后来觉得不满足；一天深夜里听见青蛙跳进池内的声响，忽然大悟做了一句诗道：

（6）古池呀，——青蛙跳入水里的声音。

自此以后他就转换方向，离开了谐谑的旧道，致力于描写自然之美与神秘。他又全国行脚，实行孤寂的生活，使诗中长成了生命，一方面就受了许多门人，“蕉风”的句便统一了俳坛了。后人对于他这古池之句加上许多玄妙的解释，以为含蓄着宇宙人生的真理，其实未必如此，不过他听了水声，悟到自然中的诗境，为他改革俳句的动机，所以具有重大的意义罢了。诗歌本以传神为贵，重在暗示而不在明言，和歌特别简短，意思自更含蓄，至于更短的俳句，几乎意在言外，不容易说明了。小泉八云把日本诗歌比寺钟的一击，他的好处是在缕缕的幽玄的馀韵在听者心中永续的波动。野口米次郎在《日本诗歌的精神》（《东方智慧丛书》内）上又将俳句比一口挂着的钟，本是沉寂无声的，要得有人去叩他一下，这才发出幽玄的响声来，所以诗只好算作一半，一半要凭读者的理会。这[3]些话都很有道理，足以说明俳句的特点，但因此翻译也就极难了。现在选了可译的几首抄在下边以见芭蕉派之一斑。

(7) 枯枝上乌鸦的定集了，秋天的晚。

(芭蕉)

(8) 多愁的我，尽使他寂寞罢，闲古鸟[④]。

(9) 坟墓也动罢，我的哭声是秋的风。[⑤]

(10) 病在旅中，梦里还在枯野中奔走。

芭蕉所提倡的句可以说是含有禅味的诗，虽然不必一定藏着什么圆融妙理，总之是充满着幽玄闲寂的趣味那是很明了的了。但是“蕉门十哲”过去了之后，俳坛又复沉寂下去，几乎回到以前的诙诡的境地里，于是“蕉风”的俳句到了十八世纪初也就告一结束了。

继芭蕉之后，振兴元禄俳句的人是天明年间的与谢芜村，当十八世纪后半，是为第三期的变化。芜村是个画家，这个影响也带到文艺上来，所以他一派的句可以说是含有画趣的诗。芭蕉的俳句未始没有画意，但多是淡墨的写意，芜村的却是彩色的细描了。他和芭蕉派在根本上没有什么差异，不过他将芭蕉派在搜集淡涩的景色的时候所留下的自然之鲜艳的材料也给收拾起来，加入画稿里罢了。他的诗句于丰富复杂之外，又多咏及人事，这也是元禄时代所未有，所以他虽说是复兴“蕉风”，其实却是推广，因为俳句因此又发展一步了。现在也举几句作一个例子。

（11）柳叶落了，泉水干了，石头处处。

（芜村）

（12）四五人的上头月将落下的跳舞呵。

（13）易水上流着葱叶的寒冷呀。

俳句第四期的变化起于明治年间，即十九世纪后半。那时候元禄天明的馀风流韵早已不存，俳人大抵为小主观所拘囚，仍复作那纤巧诙谐的句当作消遣，正冈子规出来，竭力的排斥这派的风气，提[6]倡客观的描写，适值自然主义的文学流入日本，也就供给了好些资料，助成他的“写生”的主张。他据了《日本新闻》鼓吹正风，攻击俗俳，一时势力甚盛，世称“日本派”俳句，又因子规住在根岸，亦称“根岸派”。他的意见大半仍与古人一致，但是根据新的学说将俳句当作文学看待，一变以前俳人的态度，不愧为一种改革。他的诗偏重客观的写生以及题材的配合，这可以说是他的本领，虽然也曾做有各体的诗句。

（14）荼蘼的花（对着）一闲涂漆的书几[7]。

（子规）

（15）蜂窝的子，化成黄蜂的缓慢呵。

(16) 等着风暴的胡枝子的景色，花开的晚呵。[8]

以上四期的俳句变化，差不多已将隐遁思想与洒脱趣味合成的诗境推广到绝点，再没有什么发展的馀地了。子规门下的河东碧梧桐创为“新倾向句”，于是俳句上起了极大的革命，世论纷纭，至今不决，或者以为这样剧烈的改变将使俳句丧失其固有的生命，因为俳句终是“芭蕉的文学”，而这新倾向却不能与芭蕉的精神一致；这句话或者也有理由，但是倘若俳句真是只以闲寂温雅为生命，那么即使不遭破坏，尽是依样壶芦的画下去也要有寿终的日子，新派想变换方向，吹入新的生命，未始不是适当的办法，虽然将来的结果不能预先知道。新倾向句多用“字馀”，便是增减字的句子，在古来的诗里本也许可，现在却更自由罢了；其更重要的地方就在所谓“无中心”。俳句向来最重“季题”，与“切字”同为根本条件之一，后来落了窠臼，四时物色都含了一种抽象的意义，俳人作句必以这意义为中心，借了自然去表现他出来，于是这诗趣便变了因袭的，没有个性的痕迹了。新派并不排斥季题，但不当他是诗里的中心，只算是事相中的一个配景，而且又抛弃了旧时的成见与联想，别用新的眼光与手法去观察抒写，所以成为一种新奇的句，与以前的俳句很有不同了。

（17）运着饮水的月夜的渔村。

（碧梧桐）

（18）雁叫了，帆上一面的红的月光。

（云桂楼）

（19）短夜呵，急忙回转的北斗星。

（寒山）

（20）许多声音呼着晚潮的贝类呀，春天的风。

（八重樱）

传统的文学，作法与读法几乎都有既定的途径，所以一方面虽然容易堕入因袭，一方面也觉得容易领解。至于新兴的流派便没有这个方便，新倾向句之被人说晦涩难懂就为这个缘故。我们俳道的门外汉本来没有什么成见，但也觉得很不易懂，这不能不算是一个缺点，因此这短诗形是否适于表现那些新奇复杂的事物终于成为问题了。

上边所说俳句变化的大略，不能算是文学史的叙述，我们只想就这里边归纳起来，提出几点来说一说。

第一，是诗的形式的问题。古代希腊诗铭（Epigrammata）里尽有两行的诗，中国的绝句也只有二十个字，但是像俳句这样短的却未尝有；还有一层，别国的短诗只是短小而非简省，俳句则往往利用特有的助词，寥寥数语，在文法上不成全句而自有言外之意，这更是他的特色。法国麦拉耳默（Mallarme）曾说，作诗只可说到七分，其馀的三分应该由读者自己去补足，分享创作之乐，才能了解诗的真味。照这样说来，这短诗形确是很好的，但是却又是极难的，因为寥寥数语里容易把浅的意思说尽，深的又说不够。日本文史家论俳句发达的原因，或谓由于爱好幺小的事物，或谓由于喜滑稽，但是由于言语之说最为近似。

单音而缺乏文法变化的中国语，正与他相反，所以译述或拟作这种诗句，事实上最为困难——虽然未必比欧洲为甚。然而影响也未始是不可能的事，如现代法国便有作俳谐诗的诗人，因为这样小诗颇适于抒写刹那的印象，正是现代人的一种需要，至于影响只是及于形式，不必定有闲寂的精神，更不必固执十七字及其他的规则，那是可以不必说的了。中国近来盛行的小诗虽然还不能说有什么很好的成绩，我觉得也正不妨试验下去；现在我们没有再做绝句的兴致，这样俳句式的小诗恰好来补这缺，供我们发表刹那的感兴之用。

第二，是诗的性质问题。小泉八云曾在他的论文

《诗片》内说："诗歌在日本同空气一样的普遍。无论什么人都感得能读能作。不但如此，到处还耳朵里都听见，眼睛里都看见。"这几句话固然不能说是虚假，但我们也不能承认俳句是平民的文学。理想的俳谐生活，去私欲而游于自然之美，"从造化友四时"的风雅之道，并不是为万人而说，也不是万人所能理会的。蕉门高弟去来说："俳谐求协万人易，求协一人难。倘是为他人的俳谐，则不如无之为愈。"

真的俳道是以生活为艺术，虽于为己之中可以兼有对于世间的供献，但决不肯曲了自己去迎合群众。社会中对于俳句的爱好不可谓不深，但那些都只是因袭的俗俳，正是芭蕉、芜村、子规诸大师所排斥的东西，所以民众可以有诗趣，却不能评鉴诗的真价。芜村在《春泥集》序上说："画家有去俗论，曰画去俗无他法，多读书，则书卷之气上升而市俗之气下降矣，学者其慎旃哉。（上四句原本系汉文）夫画之去俗亦在投笔读书而已，况诗与俳谐乎。"在他看来，艺术上最嫌忌者是市俗之气，即子规所攻击的所谓"月并[9]"，就是因袭的陈套的着想与表现，并不是不经见的新奇粗卤的说法。俳句多用俗语，但自能化成好诗，芜村说，"用俗而离俗"，正是绝妙的话，因为固执的用雅语也便是一种俗气了。在现今除了因袭外别无理解想像的社会上，想建设人己皆协的艺术终是不能实现的幻想，无论任何形式的真的诗人，到底是少数精神上的贤人，——倘若讳说是贵族。

第三，是诗形与内容的问题。我们知道文艺的形式与内容有极大的关系，那么在短小的俳句上当然有他独自的作用与范围。俳句是静物的画，向来多只是写景，或者即景寄情，几乎没有纯粹抒情的，更没有叙事的了。元禄时代的闲寂趣味，很有泛神思想，但又是出世的或可以说是养生的态度，诗中之情只是寂寞悲哀的一方面，不曾谈到恋爱；天明绚烂的诗句里多咏入人事，不过这古典主义的复兴仍是与现实相隔离，从梦幻的诗境里取出理想之美来，不曾真实的注入自己的情绪；明治年间的客观描写的提倡更是显而易见的一种古典运动，大家知道写实是古典主义之一分子。总而言之，俳句经了这几次变化，运用的范围逐渐推广，但是于表现浪漫的情思终于未能办到，新倾向句派想做这一步的事业，也还未能成功。俳句十七字太重压缩，又其语势适于咏叹沉思，所以造成了他独特的历史，以后尽有发展，也未必能超逸这个范围，兼作和歌及新诗的效用罢。

日本诗人如与谢野晶子、内藤鸣雪等都以为各种诗形自有一定的范围，诗人可以依了他的感兴，拣择适宜的形式拿来应用，不至有牵强的弊，并不以某种诗形为唯一的表现实感的工具，意见很是不错。现在的错误，是在于分工太专，诗歌俳句，都当作专门的事业，想把人生的复杂反应装在一定某种诗形内，于是不免生出许多勉强的事情来了。中国新诗坛里也常有这样的事，做长诗的人轻视短诗，做短诗的又想用他包括一切，未免如叶圣陶先生所说有“先存体裁的观念而诗料却随后来到”的弊病，其实这都是不自然的。俳句在日本虽是旧诗，有他特别的限制，中国原不能依样的拟作，但是这多含蓄的一两行的诗形也足备新诗之一体，去装某种轻妙的诗思，未始无用。或者有人说，中国的小诗原只是绝句的变体，或说和歌俳句都是绝句的变体，受他影响的小诗又是绝句的逆输入罢了。这些话即使都是对的，我也觉得没有什么关系，我们只要真是需要这种短诗形，便于表现我们特种的感兴，那便是好的，此外什么都不成问题。

正式的俳句研究是一种专门学问，不是我的微力所能及，但是因为个人的兴趣所在，枝枝节节的略为叙说，而且觉得于中国新诗也不无关系，这也就尽足为我的好事的（Dilettante）闲谈的辩解了罢。

一九二三年三月。

【原注】

①相传十月中诸神悉集出雪大社，故名神无月。此处取神与纸同音 Kami，双关障子上无纸也。

②雨与饴同音 Ame，故云。

⑤原题《悼一笑》。

⑦书几糊纸，上再涂漆，系一闲创始，故名。

⑧原题《小庭》。

⑨月并（Tsukinami）原意每月，旧派俳人每月开会作句，人称陈腐之句为“月并发句”，后引申为凡俗之通称。（编者按：“后”原作“从”。）

【锺校】

③“这”原作“诗”。

④“鸟”原作“岛”。

⑥“提”原作“堤”。

日本近三十年小说之发达

一九一八年四月十九日在北京大学文科研究所讲演

我们平常对于日本文化，大抵先存一种意见，说他是“模仿”来的。西洋也有人说：“日本文明是支那的女儿。”这话未始无因，却不尽确当。日本的文化，大约可说是“创造的模拟”。这名称似乎费解；英国人 Laurence Binyon 著的《亚细亚美术论》中有一节论日本美术的话，说得最好，可以抄来做个说明：

> 照一方面说，可以说日本凡事都从支那来；但照这样说，也就可说西洋各国，凡事都从犹太希腊罗马来。世界上民族，须得有极精微的创造力和感受性，才能有日本这样造就。他们的美术，就是竭力模仿支那作品的时候，也仍旧含有一种本来的情味。他们几百年来，从了支那的规律，却又能造出这许多有生气多独创的作品，就可以见他们具有特殊的本色同独一的柔性（Do-

> cility)。如有人说，Ingres 的画不过是模仿 Raphael 的，果然是浅薄的观察；现在倘说，日本的美术不过是模仿支那的，也就一样是浅薄的观察。　　（《大西洋月刊》一一六之三）

在文学一方面，也是如此。所以从前虽受了中国的影响，但他们的纯文学，却仍有一种特别的精神。如列代的和歌，平安朝（780—1180）的物语，江户时代（1610[1]—1870）的平民文学，——俳句川柳之类，都是极好的例。到了维新以后，西洋思想占了优势，文学也生了一个极大变化。明治四十五年中，差不多将欧洲文艺复兴以来的思想，逐层通过；一直到了现在，就已赶上了现代世界的思潮，在“生活的河”中一同游泳。从表面上看，也可说是“模仿”西洋，但这话也不尽然。照上来所说，正是创造的模拟。这并不是说，将西洋新思想和东洋的国粹合起来算是好，凡是思想，愈有人类的世界的倾向便愈好。日本新文学便是**不求调和**，**只去模仿的好**；——又不只模仿思想形式，却将他的精神，倾注在自己心里，混和了，随后又倾倒出来，**模拟而独创的好**。譬如有两个人，都看佛经：一个是饱受了人世的忧患的人，看了便受了感化，时常说些人生无常的话；虽然是从佛经上看来，一面却就是他自己实感的话。又一个是富贵的读书人，也看了一样的话，可只是背诵那经上的话。这便是两样模拟的分别，也就是有诚意与无诚意的分别。日本文学界，因为有自觉，肯服善，能有诚意的去“模仿”，所以能生出许多独创的著作，造成二十世纪的新文学。

我们现在略说日本近三十年小说的发达，一面可以证明上文所说的事实；又看他逐渐发达的径路，同中国新小说界的情形来比较，也是一件颇有益有趣味的事。

一

日本最早的小说，是一种物语类，起于平安时代，去今约有一千年。其中紫式部做的《源氏物语》五十二帖最有名。镰仓（十三世纪）室町（十四五六世纪）两时代，是所谓武士文学的时代，这类小说，变成军记，多讲战事。到了江户时代（十七世纪至十九世纪中），平民文学渐渐兴盛，小说又大发达起来。今只将他们类举出来，分作下列八种：

1. 假名草子　是一种志怪之类。

2. 浮世草子　一种社会小说，井原西鹤最有名。

3. 实录物　历史演义。

4. 洒落本　又称蒟蒻本，多记游廓情事。

5. 读本　又称教训读本。

6. 滑稽本

7. 人情本

8. 草双纸　有赤本黑本青本黄表纸诸称；又或合订，称合卷物。

这八种都是通俗小说，流行于中等以下的社会。其中虽间有佳作，当得起文学的名称的东西，大多数都是迎合下层社会心理而作，所以千篇一律，少有特色。著作者的位置也很低，仿佛同画工或是说书的一样；他们也自称戏作者；做书的目的，不过是供娱乐，或当教训。在当时儒教主义时代，原不当他作文学看待。到了明治初年，这种戏作者还是颇多，他们的意见，也还是如此。所以明治五年（1872）政府对于教导职发下三条教则——一体敬神爱国之旨；二明天道人道之义；三奉戴皇上，遵守朝旨；——教他们去行的时候，假名垣鲁文同条野采菊两个人代表了小说家，呈递答文，中有几处，说得很妙：

> 今以戏作为业者，仅余等二人，及其他二三子而已。此无他，智识日开月进，故贱稗史之妄语，不复重也。……夫剧作者，本非以示识者，但以导化不识者也。倘犹依然株守，非特将陷于迂远，流于暧昧，其弊且将引人于过失。故决议

尔后当一变从来之作风，谨本教则三条之趣旨，以从事著作。再余等虽属下劣贱业，唯与歌舞伎作者，稍有差别，乞鉴察为幸。

看这两节，当时小说界的情形，可想见了。明治维新以后，到了十七八年，国民的思想，都单注在政治同学术一方面，文学一面还未注意。翻译的外国小说，虽颇流行，多是英国 Lytton 同 Disraeli 的政治小说一类。有几个自己著作的，如柴东海散史的《佳人之奇遇》，矢野龙溪的《经国美谈》，末广铁肠的《雪中梅花闲莺》，也都是讲政治的。诗歌一面，有坪内、天野、高田三人译的《春江奇谈》（*Lady of the Lake*），坪内逍遥译的《自由太力馀波切味》（*Julius Caesar*），但也都含有政治的气味。

二

如上所说，明治初年的小说，就只是这两类：

1. 旧小说　是教训，讽刺，洒落三类；

2. 新小说　是翻译的，或拟作的政治小说两类。

当时有几个先觉，觉得不大满足，就发生一种新文学的运动。坪内逍遥首先发起；他根据西洋的学理，做了一部《小说神髓》指示小说的作法，又自己做了一部小说，名叫《一读三叹当世书生气质》，于明治十九年（1886）先后刊行。这两种书的出版，可算是日本新小说史上一件大事，因为以后小说的发达，差不多都从这两部书而起的。

《小说神髓》分上下两卷；上卷说小说的原理，下卷教创作的法则。他先说明艺术的意义，随后断定小说在艺术中的位置。次述小说的变迁和种类，辨明Novel同Romance的区别；排斥从前的劝善惩恶说，提倡写实主义。他说：

> 小说之主脑，人情也。世态风俗次之。人情者，人间之情态，所谓百八烦恼是也。
>
> 穿人情之奥，著之于书，此小说家之务也。顾写人情而徒写其皮相，亦未得谓之真小说。……故小说家当如心理学者，以学理为基本，假作人物，而对于此假作之人物，亦当视之如世界之生人；若描写其感情，不当以一己之意匠，逞意造作，唯当以旁观态度，如实模写，始为得之。

《当世书生气质》就是据这理论而作，描写当时学生生活。虽然文章还沾草双纸的气味，但已是破天荒的著作；表面又题文学士春之家胧也就很增重小说的价值。所以长谷川二叶亭作《浮云》也借他这春之家的名号来发表，可以想见他当时的势力了。

二叶亭四迷精通俄国文学，翻译绍介，很有功劳。一方面也自创作，《浮云》这一篇，写内海文三失业失恋，烦闷无聊的情状，比《书生气质》更有进步。又创言文一致的体裁，也是一件大事业。但是他志在经世，不以文学家自任，所以著作不多。隔了二十年，才又作了《其面影》同《平凡》两篇，也都是名作。他因为受了俄国文学的影响，所以他的著作，是“人生的艺术派”一流；脱去戏作者的游戏态度，也是他的一大特色，很有影响于后世的。

三

同二叶亭的人生的艺术派相对，有砚友社的“艺术的艺术派”。尾崎红叶、山田美妙等几个人发起砚友社，本是一种名士的文会，后来发刊杂志《我乐多文库》（我乐多的意义是破旧器具或一切废物）发表著作，在小说界上很占势力。这一派也依据《小说神髓》奉写实主义，但是不重在真，只重在美，所以观察不甚彻透，文章却极优美。红叶的小说，最有名的是《金色夜叉》，最好的是《多情多恨》。

幸田露伴的著作，同红叶一样有名，他们的意见，却正相反。一个是主观的理想派，一个是客观的写实派，可是他们的思想，都不彻底。露伴的思想，一种是努力，一种是悟道，做的小说，便都表现这两种思想。何以不彻底呢？因为他不是从实人生观察得来，只从主观断定的，所以他小说的有名，大抵还是文章一面居多。

一样是主观的倾向，却又与露伴不同的，有北村透谷的文学界一派。露伴的主观是主意的，透谷是主情的。露伴于人生问题，不曾切实的感着，透谷感得十分痛切，甚至因此自尽。原来人生的艺术派，由二叶亭从俄国文学绍介进来，不久就被砚友社这一派压倒；森鸥外从德国留学回去，翻译外国诗歌小说，又振兴起来。明治二十六年（1893）北村透谷等便发起《文学界》，岛崎藤村、田山花袋也都加入。他们的主张，正同十八世纪末欧洲的传奇派（Romanticism）一样，就是破坏因袭，尊重个性；对于从来的信仰道德，都不信任，只是寻求自己的理想。最初的文学，不过当作娱乐，其次描写人生，也只是表面，到了这时，关系的问题，是自己的生活，不是别人的事了。文学与人生两件事，关联的愈加密切，这也是新文学发达的一步。

四

中日战后，国民对于社会的问题，渐渐觉得切紧；砚友社派的人，就发起一种观念小说，仿佛同露伴的理想小说相类，表示著者对于这件事的观念。描写社会上矛盾冲突种种悲剧，却含有一个解决的方法，就是一种附有答案的问题小说。川上眉山的《表里》（*Uraomote*）泉镜花的《夜行巡查》最有名。观念小说大抵是悲剧，再进一步，更求深刻，便变了悲惨小说。广津柳浪的《黑蜥蜴》、《今户心中》（心中即情死，此事中国甚少见），就是这派的代表著作。悲剧小说内容，可分四类：一残废疾病，二变态恋爱，三娼妓生活，四下层社会。砚友社的艺术派，终于渐渐同人生接近，是极可注意的事。

樋口一叶是砚友社派的女小说家，二十五岁时死了。前后四年，作了十几篇小说。前期的著作，受着砚友社的影响，也用那一流写实法，但是天分极高，所写的女主人，多是自己化身，所以特别真挚。后期的著作，如《浊江》(*Nigoriё*)、《争长》（*Takekurabe*）等，尤为完善，几乎自成一家。她虽是砚友社派的人，她的小说却是人生派的艺术。有人评她说，“一叶盖代日本女子，以女子身之悲哀诉诸世间”，很是确当。但她又能将这悲哀，用客观态度从容描写，成为艺术，更是难及。高山樗牛极赞美她，说“观察有灵，文字有神；天才至高，超绝一世”。又说，“其来何迟，其去何早”。一叶在明治文学史上好像是一颗大彗星忽然就去了。

五

观念小说以来，文学渐同社会接触，但终未十分切实。内田鲁庵发表《时代精神论》攻击当时的小说家。他说：

> 今之小说家，身常与社会隔离，故未尝理解时代之精神。政治宗教学术之社会，与彼等若风马牛也。……我国今日政治宗教伦理上，新旧思想之乖离，非即预兆将来之大冲突大破裂乎？日日读新闻，感兴百出，可慨者可恐者，所在多有，与读维新前后之历史，有同一之感。转而翻《文艺俱乐部》或《新小说》（案皆杂志名），则天下太平无事。二者相较，宛如隔世。

鲁庵便自己做了许多小说，就是社会小说的发端，其中《年终廿八日》最为有名。中村春雨、木下尚江也都做这一类的著作。但是人生问题不曾明白，这社会问题，也就难以解决，所以社会小说不能十分发展，就衰退了。

社会小说之外，有一种家庭小说，也在这时候兴起。小说的内容，不必定写家庭事情，不过是指家庭的读物，所以在文学上，位置不很高。这一类著作，大抵讲离合悲欢的事，打动人的感情，略含着道德的意义，与教训小说相差无几。菊池幽芳同德富芦花是这派名家。芦花的《不如归》（杜鹃鸟的别名）最为有名，重版到一百多次。虽也只是一种伤感的通俗文学，但态度很是真挚，所以特有可取。芦花后来忽然悟彻，到俄国访了托尔斯泰回来，退往乡村，也学他躬耕去了。

六

上来所说砚友社写实派，兴了悲惨小说以来，渐同现实生活接近，只是柳浪以后专做新闻小说，这一面渐荒废了。小栗风叶接着兴起，其初模仿红叶，随后渐渐的转变，脱离了砚友社道德善恶的见解，只将实在人生模写出来，便已满足。这描写丑恶一件事，已经大有自然主义的风气。但是他虽有此意气，还未十分受着科学精神的影响，所以根基不大确实。到小杉天外作《流行歌》（1899），始是有意识的模仿左拉，用科学的态度，将人当作一个生物来描写他。他又从性欲一面，观察恋爱，描写他生理的缘因，都是一种进步。但《流行歌》序中，又如是说：

自然但为自然而已。不善不恶，不美不丑；

唯或一时代或一国家之或一人，取自然之一角，以意称之曰善曰恶，曰美曰丑而已。

读者之感动与否，于诗人无预也。诗人唯如实描写其空想之物而已。如画家作肖像时，谓君鼻稍高，以刨加面，可乎？

照上文第二节看来，他的自然主义，也还缺根本的自觉。第二年永井荷风作《地狱之花》又进了一步。于序中说：

人类之一面，确犹不免为兽性。此其由于肉体上生理之诱惑欤？抑由于自动物进化之祖先之遗传欤？……余今所欲为者，即观察此由遗传与境遇而生之放纵强暴之事实，毫无忌讳，而细写之也。

荷风深通法国文学，他的主张，就从 Zola《实验小说论》而来。天外描写黑暗，有点好奇心在内；荷风只认定人间确有兽性，要写人生，自不能不写这黑暗。这是二人不同的点，也就是二人优劣的点。

七

自然派小说的兴盛，在日俄战争以后，前后共有七年（1906—1912）。其先有三个前驱，就是国木田独步、岛崎藤村同田山花袋。

国木田独步同一叶一样，也是一个天才。他先时而生，他的名作《独步集》在明治三十四年（1901）时早已出版 。待到自然主义大盛，识得他的才能的时候，也就死了。藤村本是抒情派诗人，花袋出自文学界，都从主观转入客观。三十七年花袋作《露骨的描写》一文，岛村抱月、长谷川天溪诸批评家，也极力提倡外国自然派文学，经二叶亭、鸥外、抱月、升曙梦、马场孤蝶、上田敏等翻译介绍，也兴盛起来，自然主义渐占势力。到了藤村的《破戒[②]》（三十九年）花袋的《蒲团》（四十年出版，蒲团就是棉被）出现，可算是极盛时代。

此后五六年间，作家辈出，最有名的是——

德田秋声	代表著作——《烂》
正宗白鸟	《何往》
真山青果	《南小泉村》
岩野泡鸣	《耽溺》
近松秋江	《故妇》
中村星湖	《星湖集》

总而言之，日本自然派小说，直接从法国左拉与莫泊三一派而来，所以这几重特色——一重客观不重主观，二尚真不尚美，三主平凡不主奇异，也都相同。但虽是模仿，仍然自有本色，所以可贵。只是唯

物主义的决定论（Determinism），带有厌世的倾向，往往引人入于绝望；所以有人感着不满，有一种反动起来。这也是文艺上的一派，别有他的主张。至于那骂自然派小说不道德，要“坏乱风俗”的顽固派，原是一种成见，并不从思想上来，当然不必论的。

八

这非自然主义的文学中，最有名的，是夏目漱石。他本是东京大学教授，后来辞职，进了朝日新闻社，专作评论小说。他所主张的，是所谓“低徊趣味”，又称“有馀裕的文学”。当初他同正冈子规、高滨虚子等改革俳句，发刊一种杂志，名字就叫鸟名的《子规》（*Hototogis'*）。他最初做的小说《我是猫》就载在这种杂志上面。是中学教师家里的一只猫，记他自己的经历见闻，狠是诙谐，自有一种风趣。高滨虚子做了一部短篇集，名曰《鸡头》（即是鸡冠花），漱石作序，中间说——

> 馀裕的小说，即如名字所示，非急迫的小说也，避非常一字之小说也，日用衣服之小说也。如借用近来流行之文句，即或人所谓触着不触着之中，不触着的小说也。……或人以为不触着者，即非小说；余今故明定不触着的小说之范

围，以为不触着的小说，不特与触着的小说，同有存在之权利，且亦能收同等之成功。……世界广矣，此广阔世界之中，起居之法，种种不同。随缘临机，乐此种种起居，即馀裕也。或观察之，亦馀裕也。或玩味之，亦馀裕也。

自然派说，凡小说须触着人生；漱石说，不触着的，也是小说，也一样是文学。并且又何必那样急迫，我们也可以缓缓的，从从容容的赏玩人生。譬如走路，自然派是急忙奔走；我们就缓步逍遥，同公园散步一般，也未始不可。这就是馀裕派的意思同由来。漱石在《猫》之后，作《虞美人草》也是这一派的馀裕文学。晚年作《门》和《行人》等，已多客观的倾向，描写心理，最是深透。但是他的文章，多用说明叙述，不用印象描写；至于构造文辞，均极完美，也与自然派不同，独成一家，不愧为明治时代一个散文大家。

森鸥外本是医学博士，兼文学博士，充军医总监，现任博物馆长，翻译以外，多有创作。他近来的主张，是遣兴文学。短篇小说《游戏》（*Asobi*）的里面说：

这个汉子就是著作的时候，也同小孩子游戏时一样的心情。这并不是说，他就一点没有苦处。无论什么游戏，都须得超过障碍。他也晓得艺术不是玩耍，也自觉得倘将自己用的家伙，交与真的巨匠大家，也可造成震动世界的作品。但是虽然自觉，却总存着游戏的心情。……总之在木村无论做什么事，都是一种游戏。

这几句话，很可见他的态度。他是理知的人，所以对于凡事，都是这一副消极的态度，没有兴奋的时候，颇有现代虚无思想倾向。所以他的著作，也多不触着人生。遣兴主义，名称虽然不同，到底也是低徊趣味一流，称作馀裕派，也没什么不可。

九

自然主义是一种科学的文学，专用客观，描写人生，主张无技巧无解决。人世无论如何恶浊，只是事实如此，奈何他不得，单把这实情写出来，就满足了。但这冷酷的态度，终不能令人满足，所以一方面又起反动，普通称作新主观主义。其中约可分作两种：

一是享乐主义。片上天弦论明治四十四年文坛情状，有这一节，说得明白：

一二年来，对于自然派静观实写之态度，表示不满，见于著作者，所在多有。自然派欲保存人生之经验，此派之人，则欲注油于生命之火，尝尽本生之味。彼不以记录生活之历史为足，而欲自造生活之历史。其所欲者，不在生之观照，而在生之享乐；不仅在艺术之制作，而欲以己之生活，造成艺术品也。

此派中永井荷风最有名。他本是纯粹的自然派，后来对于现代文明，深感不满，便变了一种消极的享乐主义。所作长篇小说《冷笑》是他的代表著作。谷崎润一郎是东京大学出身，也同荷风一派，更带点颓废派气息。《刺青》《恶魔》等，都是名篇，可以看出他的特色。

一是理想主义。自然派文学，描写人生，并无解决，所以时常引人到绝望里去。现在却肯定人生，定下理想，要靠自由意志，去改造生活，这就暂称作理想主义。法国柏格林创造的进化说，罗兰的至勇主义，俄国托尔斯泰的人道主义，同英美诗人勃来克与惠特曼的思想，这时也都极盛行。明治四十二年，武者小路实笃等一群青年文士，发刊杂志《白桦》提倡这派新文学。到大正三四年时（1912—13），势力渐盛，如今白桦派几乎成了文坛的中心。武者小路以外，有长与善郎、里见弴、志贺直哉等，也都有名。

早稻田大学，自从出了岛村抱月、相马御风、片上天弦等以后，文学上很有势力。随后新进文士，也出了不少。中村星湖离了客观的自然主义，提倡问题小说，兴起主张本位的艺术。相马泰三著作，带着唯美的倾向。谷崎精二是润一郎的兄弟，却是人道主义的作家，有短篇集《生与死之爱》可以见他的思想一斑。

十

以上所说，是日本近三十年来小说变迁的大概。因为时间局促，说得甚是粗浅。好在文科加了日本文，希望将来可以直接研究，这篇不过当一个 Index 罢了。

讲到中国近来新小说的发达，与日本比较，可以看出几处异同，很有研究的价值。中国以前作小说，本也是一种"下劣贱业"，向来没人看重。到了庚子——十九世纪的末一年——以后，《清议》《新民》各报出来，梁任公才讲起《小说与群治之关系》，随后刊行《新小说》，这[③]可算是一大改革运动，恰与明治初年的情形相似。即如《佳人之奇遇》《经国美谈》诸书，俱在那时译出，登在《清议报》上。《新小说》中梁任公自作的《新中国未来记》，也是政治小说。

又一方面，从旧小说出来的讽刺小说，也发达起来。从《官场现形记》起，经过了《怪现状》《老残游记》，到现在的《广陵潮》《留东外史》，著作不可谓不多，可只全是一套板。形式结构上，多是冗长散漫，思想上又没有一定的人生观，只是“随意言之”。问他著书本意，不是教训，便是讽刺嘲骂诬蔑。讲到底，还只是“戏作者”的态度，好比日本假名垣鲁文的一流。所以我还把他放在旧小说项下，因为他总是旧思想、旧形式。即如他还用说书的章回体，对偶的题目，这就是一种极大的束缚。章回要限定篇幅，题目须对课一样的配合，抒写就不能自然满足。即使写得极好如《红楼梦》，也只可承认他是旧小说的佳作，不是我们现在所需要的新文学。他在中国小说发达史上，原占着重要的位置，但是他不能用历史的力来压服我们。新小说与旧小说的区别，**思想果然重要，形式也甚重要**。旧小说的不自由的形式，一定装不下新思想；正同旧诗旧词旧曲的形式，装不下诗的新思想一样。

现代的中国小说，还是多用旧形式者，就是作者对于文学和人生，还是旧思想同旧形式，不相抵触的缘故。作者对于小说，不是当他作闲书，便当作教训讽刺的器具，报私怨的家伙。至于对着人生这个问题，大抵毫无意见，或未曾想到。所以做来做去，仍在这旧圈子里转；好的学了点《儒林外史》，坏的就像了《野叟曝言》，此外还有《玉梨魂》派的鸳鸯胡蝶体，《聊斋》派的某生者体，那可更古旧得利害，好像跳出在现代的空气以外，且可不必论他。

中国讲新小说也二十多年了，算起来却毫无成绩，这是什么理由呢？据我说来，就只在中国人不肯模仿不会模仿。因为这个缘故，所以旧派小说还出几种，新文学的小说就一本也没有。创作一面，姑且不论也罢，即如翻译，也是如此。却除一二种摘译的小仲马《茶花女遗事》，托尔斯泰《心狱》外，别无世界名著。其次司各得、迭更司还多，接下去便是高能达利、哈葛得、白髭拜、无名氏诸作了。这宗著作，果然没有什么可模仿，也决没人去模仿他，因为译者本来也不是佩服他的长处所以译他；所以译这本书者，便因为他有我的长处，因为他像我的缘故。所以司各得小说之可译可读者，就因为他像《史》《汉》的缘故，正与将赫胥黎《天演论》比周秦诸子，同一道理。大家都存着这样一个心思，所以凡事都改革不完成。不肯自己去学人，只愿别人来像我。即使勉强去学，也仍是打定老主意，以“中学为体，西学为用”。学了一点，更古今中外，扯作一团，来作他传奇主义的《聊斋》，自然主义的《子不语》，这是不肯模仿不会模仿的必然的结果了。

我们要想救这弊病，须得摆脱历史的因袭思想，真心的先去模仿别人。随后自能从模仿中蜕化出独创的文学来，日本就是个榜样。照上文所说，中国现时小说情形，仿佛明治十七八年时的样子，所以目下切要办法，也便是提倡翻译及研究外国著作。但其先又须说明小说的意义，方才免得误会，被一般人拉去归入子部杂家，或并入《精忠岳传》一类闲书。——总而言之，中国要新小说发达，须得从头做起，目下所缺第一切要的书，就是一部讲小说是什么东西的《小说神髓》。

【锺校】

①“1610”原作“610”。

②“戒”原作“我”。

③“这”原作“他”。

论左拉［译文］

英国蔼理斯著。Havelock Ellis：*Zola*（*Affirmations* P. 131-157，1898）

左拉的名字——一个野蛮的，爆发的名字，像是一个无政府党的炸弹，——在嘘声与嗥叫之中滚来滚去的经过了这世纪的四分之一。在无论哪一个文明国里，我们都听到人家说起那个把文学拖到阴沟里去，那个出去拣拾街上的污秽东西放进书里给那些污秽的人们去读的人。而且在无论哪一个文明国里，都有数十万的人读他的书。

现在，他的毕生事业已经完成了。以前所引起的那种呼噪，同时也就大抵沉静下去了。这并不是大家都已承认《路公麦凯耳丛书》著者的地位，只因当初迎他的风暴已经乏力，而且又已知道这件事至少有着两面，正如别的一切问题一样。这样的一个时候，来平心静气地讨论左拉的正确的位置，是颇适宜的。

那些绝对地反对左拉，而知道谩骂算不得辩论的人们所主张的根据，大抵是说左拉并非艺术家。这件事情在他们的议论里往往变成了理想主义对写实主义的问题。理想主义这个字，照文艺批评家所用，似乎是指在艺术描写上对于人生事实的一种小心的选择，有些事实适于小说的描写，有些别的事实是不很适用的；至于写实派则据批评家看来是一个毫不别择地把一切事实都抛进书里去的人。我想这是一个很好的说法，因为那文艺批评家不曾明白地规定；他更不反问自己所主张的理想主义有多少只是传统的，或者这表现的方法会影响我们到什么程度。他对于自己不曾发这些疑问，我们也不必去问他，因为在左拉（或是在无论哪一个所谓写实派）是没有这样分别的。世上没有绝对的写实主义，只有理想主义之种种变相；唯一绝对的写实当为一张留声机片，辅以照相的插画，仿佛是影戏的样子。左拉是一个理想派，正如乔治珊特（George Sand）一样。他很多选取物质方面的材料，而且他选的很庞杂，这都是真的。但是选择总还存在，凡有过审慎的选择的便即是艺术。关于所谓写实主义与理想主义的问题，我们不必劳心，——我真怀疑我们有无劳心之必要。现在的问题只是：那艺术家选择了正当的材料么？他又曾用了该当的节制去选择材料么？

这第一个是大的问题，而且至少在左拉这案件里，我想不是依了纯粹的美学的根据可以解答得来的；第二个问题却可以容易地解答。左拉自己曾经答过，他承认因了他的热心，或者又因了他对于新得事实的特别的记忆力（像是海绵的一个记忆力，如他所说，容易涨满也容易空虚），他常要走的太远；他在书上太丰富地加上详细的描写。这种错处与惠德曼（Whitman）所有的一样，同样的被热心所驱迫。左拉费了极大的辛苦去搜求事实；他告诉我们怎样翻阅神学家的著作，想得到质地和色彩去做那《穆勒长老的过失》（*La Faute de L'Abbe Mouret*），——这或者是他早年作品里的最好的书。但是他做这个预备功夫，的确未必有茀罗倍耳（Flaubert）做《波伐理夫人》（*Madame Bovary*）时用的那样多，更不及茀罗倍耳做《萨阑波》（*Sa'ammbô*）时的关于加尔泰格（Carthage）的研究了。然而结果截然不同，一个艺术家凭了着笔的丰富繁重得到效果，别一个艺术家却凭了谨慎的节制，只是选择并侧重于显著重要之点。后者的方法似乎更速更深地达到艺术的目的。哈耳思（Frans Hals）的三笔抵得罩纳耳（Denner）的千笔。丰富而精细的描写可以感人，但是末后却使人烦倦了。倘若一个人抱起他的两个小孩放在膝上，无论他把莱诺耳放在右膝，亨利放在左膝，或是相反，这都没有什么关系；

那人自己也未必知道，而且他的感情愈强，他也就愈不会知道。我们深厚地生活着的时候，我们外面生活的事实并不是精细密致地呈现于心目；只有很少[1]的几点在意识中成为焦点，其馀的皆与下意识相连界[2]。少数的事物在生活的每瞬间明显地现出，其馀的都是阴暗的。超越的艺术家的本领在于他有卓识与大胆，能够攫住并表示出每阶段的这些亮点，把那连界的分子放在该当的从属的地位。截不相像的戏曲家如福尔特（Ford）与伊勃生（Ibsen），截不相像的小说家如弗罗倍耳与托尔斯泰，都一样地因了他们艺术效力的单纯明显能够感人。左拉所采用的方法却使这种效力极难得到。或者左拉的特殊艺术之最好的证明，在于他的善能中和那种繁重的笔法的恶结果之一种技能。在他的代表著作如《酒店》（*L'Assommoir*）、《娜娜》（*Nana*）和《萌芽》（*Germinal*）里，他想在一群琐屑或专门的事物上作出一个显明的远景，想从多种描写中间造成一个单独精密的印感，大抵都是安排得很巧妙的。现在即举那煤坑伏娄（Voreux）为例，这差不多是《萌芽》中的主人公，比书中别的个人还要重要。描写并没有什么趣味，但是都很精细，末[3]了把那煤坑象征作一个庞大的偶像，吃饱了人血，蹲伏在它的神秘的龛里。凡遇左拉要把伏娄提出来的时候，他便用这个公式。对于书中的别的物质脚色，也是如此，不过略轻一点。有时候写着群众，这个公式只是一句呼声。在《娜娜》的精巧的结束里狂呼“到柏林去”的巴黎群众即是如此，在《萌芽》里呼噪要面包的罢工的人们也是一样。这与迭更司等所滥用的，一句话或一种手势之狡狯的复述并不相同；乃是一种精心结构的重要语句的巧妙的操纵。左拉大约是第一个人，初次这样精细整齐地采用这种主题到文艺里来，当作总结复杂的描写，使读者得到整个的印象之一种方法。他用这手段想减少他的作法的许多缺点而使复杂的记述得以集中。他有时候只须适宜地应用主题的复述，便可得到锐利而单纯的印感。而且他又有时能够丢掉他的详细描写的方法，得到强烈的悲剧的力量。默格拉的尸首被残毁的一节，是以前小说里所不能描写的场面。有了题材，左拉的处置是简要有力而且确实，这只有大艺术家才能如此。左拉是他的艺术范围内的大家，《酒店》与《萌芽》——据我读左拉的经验，这似乎是他最精美的两部著作，——便足以证明这句话了。这些作品与普通小说的关系，正如华格纳（Wagner）的乐剧与普通的意大利歌剧相比一样。华格纳比左拉在艺术上达到更高的地位；他比左拉更能完全把握住他所取在手中想要融合的一切原质。左拉还未曾彻底明白地看到科学的观点，以及与小说融和的能力之限度；他又未曾完全确实地看定艺术的目的。在他的庞大的文学的建筑之中，他留下太多的木架矗立在那里；书中有太多的只是粗糙的事实，还未制作成艺术的那些东西。但是，即使左拉不是世界最大艺术家之一，我不相信我们能够否认他是一个艺术家。

但是从纯粹的艺术观点上来看左拉，实在是几乎等于不曾看见他。他在世界上以及文学上的重要关系并不全在他的运用材料的方法，——例如在龚枯尔兄弟（Goncourts），便是重在这一点，——而在于材料本身与所以使他选择这些材料的心机及思想。那些一大堆的大册即是一种独创的丰富的气质之火山的喷出物。要想理解那些书，我们必须先一研究这个气质。

在左拉身内，积蓄着一种丰裕而混杂的民族的精力。含有法国意大利希腊的分子，——母亲是法国波思中部的人，其地生产五谷较智慧为多，父亲系意大利希腊的混血种，是一个工学的天才，具有热烈的魄力与伟大的计画，——左拉一人很奇异的混合了各种才力，不过这或者不是一种很好的混合。我们觉得父亲里的工程师性质在儿子里也很有势力，不必一定由于遗传，或者只因幼年的接近与熟习所以如此。少年的左拉是一个柔弱的小孩，也不是成绩很好的学生，虽然他有一回得到一个记忆力竞争的奖赏，那时他所表示出来的才能是在科学方面；他并没有文学的倾向。他之所以从事于文学，似乎大半因为在一个穷苦的书记的手头，只有纸笔最便，可以运用罢了。在他的著作上我们仍能侦察出工学的倾向来。正如赫胥黎的天性都倾向于工学，常在生理学里寻求有机体的结果，所以左拉也常在寻求社会有机体的结果，虽然他的科学训练不很充足。路公麦凯耳家的历史乃是社会数学的一种研究：假定某家族有什么特性，那么两种特性接触有怎样的遗传的结果呢？

因此造成左拉的性格者先有这两个主因，其一是这民族性的奇异的混合，有如一片沃土，只须有新的种子即能生长，其二是那从工学的及物质的观点观察一切之本能的倾向。此外在幼年时代又加上第三个主因，在三者之中实最重要。左拉在他父亲死后，从童年直到少年，非常贫苦，几乎穷到受饿，这正是体面人的可怕的贫穷。他的著作的性质与他对于人世的观察显然很受幼时长期饥饿的影响。那个怯弱谨慎的少年，——因为据说左拉在少年及壮年时代都是这样的性质，——同着他所有新鲜的活力被关闭在阁楼上，巴黎生活的全景正展开在他的眼前。为境遇及气质所迫，过着极贞洁清醒的生活，只有一条快乐的路留下可以享受，那便是视官的盛宴。我们读他的书，可以知道他充分地利用，因为《路公麦凯耳丛书》中的每册都是物质的观象的盛宴。

左拉终于是贞洁，而且还是清醒，——虽然我们听说在他质素的午餐时，他那阴郁乖僻的面色转为愉悦像是饕餮家的脸一般，——但是这些早年的努力，想吸取外界的景象声音，以及臭味，终于成为他的一种定规的方法。划取人生的一角，详细纪录它的一切，又放进一个活人去，描写他周围所有的景象，臭味与声音；虽然在他自己或者全是不自觉的，这却是最简单的，做一本“实验的小说”的方剂。这个方法，我要主张，是根于著者之世间的经验而来的。人生只出现为景象声音臭味，进他的阁楼的窗，到他的面前来。他的心灵似乎是中心饿着，却驻在五官的外面。他未曾深深地尝过人生的味，他并不积下纯粹个人的感情的泉，大艺术家都从这里汲起宝贵的液，即以作成他们作品中的清澈的活血。在这一点上，他与现代的别个大小说家，——也是一个全世界有影响的火山性的威力，——怎样地不同呵！托尔斯泰[④]在我们面前，显出是一个曾经深沉地生活过的人，对于人生怀着一个深广的饥渴而已经满足了这个饥渴的人。

他热望要知道人生，知道女人，酒的快乐，战争的凶暴，田间农夫的汗的味道。他知道了这些东西，并不当作做书的材料，只是用以消融个人的本能的欲求。在知道这些的时候，他就积蓄下许多经验，日后做书时逐渐取用，因此使那些作品有那种特别动人的香味，这只在往昔曾经亲自生活过的事物才能如此。左拉的方法却正是相反；他想描写一所大房子的时候，他坐在孟尼亚先生的宫殿似的住宅外面，独自想像屋内华丽的陈设，到后来才知道自己所写都与事实不符；在写《娜娜》之前，他托人介绍去见一个妓女，总算同她吃了一餐午饭；他在《溃败》（*La Débâcle*）里记述一八七〇年的战事，他的勤劳的预备只是限于书本文件以及间接的经验；他要描写劳工的时候，他跑到矿里和田间去，但是似乎不曾作过一天的工。左拉的文学方法是一个暴发户——想从外边挨挤进去，不曾坐在生活的筵边，不曾真实地生活过的人的方法。这是他的方法的弱点。这却又是他的好处。在左拉著作里没有像托尔斯泰著作里所有的那种餍足之感。我们因此可以了解，为什么托尔斯泰自己推许左拉为当时法国真是有生气的一个小说家，虽然他们的文学方法是如此不同。那个受饿的少年，眼巴巴地望着可见的世界，因了他理智的贞洁获得了一种报酬；

他保存了他的对于物质的东西的清楚的视力，一种热心的、没有满足的、无所偏倚的视力。他是一个狂热信徒，在他的忠诚于人生的各方面这一点上。他历来像古代小说里的最勇的武士为他的爱人名誉而战一样的争斗，也曾受过侮辱比他们所受的更多。他在一篇论文里极愤怒地叫道："他们把我们的厕所都装铁甲了！"这便是那狂信者严肃的决心的一个妙例，不准有什么障隔设立起来，以致隔绝外界的景象与臭味。他的对于人生之强烈的饥渴将她那新鲜的元气与不可压伏的活力给与他的著作了。

关于这个不曾满足的活力，事实真是如此，正如关于这些活力所常有的事；这虽然牺牲了所能有的优美，却因此保存了她的壮健。在他的猛烈的视力与其"工作，工作，工作！"的福音里，都含有一点苦味。这令人想起一种狂暴的攻城，在攻者也已熟知这城是上不去的。人生并不是只靠感觉所能了解；在那里常有些东西，即使竭尽耳鼻目力都不能攫住的；一个平衡的心灵，并不单靠五官的记忆，却又靠那运动的与情绪的活力之满足，才能建造起来。这个重要的事实，即使我们在想说明左拉事业内积极的原素的时候，也必当面着的。

左拉对于他同时的以及后代的艺术家的重要供

献，以及他的给予重大激刺的理由，在于他证明那些人生的粗鄙而且被忽视的节目都有潜伏的艺术作用。《路公麦凯耳丛书》在他的虚弱的同胞们看来，好像是从天上放下来的四角缝合的大布包，满装着四脚的鸟兽和爬虫，给艺术家以及道德家一个训示；便是世上没有一样东西可以说是平凡或不净的。自此以后别的小说家因此能够在以前决不敢去的地方寻到感兴，能够用了强健大胆的文句去写人生，要是没有左拉的先例，他们是怕敢用的；然而别一方面，他们还是自由地可以在著作上加上单纯精密与内面的经验，此三者都是左拉所没有的特色。左拉推广了小说的界域。他比以前更明确更彻底地把现代物质的世界拿进小说里来，正如理查特孙（Richardson）把现代的感情世界拿进小说来一样；这样的事业当然在历史上划一时代。虽然左拉有许多疏忽的地方，他总给予小说以新的力量与直截说法，一种强健的神经，——这固然不易得到，但得到之后我们就可以随意地使它精炼。他这样做，差不多便将那些崇奉小说家诀窍的不健全的人们，那些从他们的空虚里做出书来，并没有内面的或外面的世界可说的人们，永远地赶出门外去了。

左拉的喜欢详细描写，的确容易招人严厉的攻击。但是我们如不把它当作大艺术看，却看作小说的进化上的一个重要时期，那么它的细写也就自有理由了。这样猛烈地去证明那全个现代的物质世界都有艺术的用处这个主张或能减少著者的技巧之名誉，但这却的确地增加主张的力量了。左拉的详细描写——那个浪漫运动的遗产，因为他正是这运动的孩儿，——很公平地普及于他所研究的人生的各方面，矿中的工作，巴拉都山的植物，以及天主堂的仪式。但是反对派所攻击最力者，并不在于这些无生物的描写与人类之工业及宗教活动的精细记述。他们所反对的却在左拉之多用下等社会的言语以及他的关于人类之两性的及消化作用的描写。左拉多用隐语——民众的隐语，——在研究下等社会生活的《酒店》内最多，其馀的书里较少一点。《酒店》一书在许多方面是左拉最完全的著作，它的力量大部分在于他的能够巧妙地运用民众的言语；读者便完全浸在如画的、强健而有时粗鄙的市语的空气中间。在那书里，杂乱重复地装着许多粗话恶骂以及各种不同的同意语，未免缺乏一种艺术上的节制。但是那些俗语达到了左拉所求的目的，所以也就自有存在的价值了。

我们把这个运动看作对于过分的推敲之一种反抗，觉得更有关系。那种修辞癖主宰法国言文将近三百年，一面把它造成细致精密的言语，适宜于科学的记述，却因此也使它变坏，若与最于左拉有影响的古典文学家拉布来（Rabelais）、蒙丹尼（Montaigne）或莫理哀耳（Moliére）所用的言语相比，便觉得缺少彩色与血了。十九世纪的浪漫运动的确将彩色加进言语里去了，但不增加进什么血去；而且这又是一种外来的热烈的彩色，不能永久地滋养法国言语的。因过于精炼而变成贫血的言语，并不是用了外来的奢侈品所能治疗，只有增加言词的滋养[5]成分才行；左拉走到人民的俗语里去，这路是很对的，因为那些言语大抵是真正古典的，而且常是非常壮健。他有时的确不很仔细，或者不很正确地运用市语，有时把只是暂时发生的言词过于看重。但是主要的目的是在给俗语以文学上的位置与声势；——这些文句虽然原有可惊的表现力，却被大家非常看轻了，只有一个第一流的而且又有无比的大胆的文人才敢把它们从烂泥里拾起来。这件事左拉已经做了；在他后面的人就很容易补他的不足，去加以审慎与判断了。

左拉的关于两性的及消化机能之写法，如我所指出，最受批评家的攻击。我们稍一思索，即知这两种机能正是生活的中心机能，饥与爱之两极，全世界即绕之而旋转的。在平常社会表面的交际上，我们所想要逐渐地粉饰隐藏过去的东西，正是这两种机能方面的事情，这也本是自然的。说及这两方面，常有一种省略及迂回之倾向；在社会上，这个影响未尝有害，而且还是有益的。但是它的势力还不断的伸到文学上来，于是这就很有害了。有几个大著作家，都是第一等的古典文学家，因为反抗这个倾向，也就走到两极端去。第一种是“粪便随喜”（Coprolalia），常喜讲及两便，这在拉布来可以看出若干，在那半狂的斯威夫德（Swift）更为明了；这种癖气，如完全发达，将成为一种不可抑制的本性，有些狂人就是如此。第二种是“意淫”，常是环绕着性的事情，却又很胆怯的不敢直达；这种暗摸妇女裙袋的态度在斯登（Sterne）里找到文学上的最高代表。同粪便随喜一样，这种意淫到了不可抑制，也是狂人的一种特征，使得他们到处都看出色情来。但是这两种极端的倾向并不见得与最高的文艺不能相容。而且它们的最显著的首领都是教士，上帝的照例的代表。无论左拉在这两方面如何放肆，他总还在普通所承认为好社会的里面。他在这几点上不曾追上拉布来长老，斯威夫德主教与斯登教士；但他有点失了均衡的艺术之节制，那是无可疑的。在这一面他过重营养方面的丑恶的事，在那一面又带了贞洁生活之怯弱的遐想，过重肉的生活之暴露。他这样做的确不免表示出他艺术的一种软弱，虽然他推广文艺的用语与题材的范围之功绩并不因此有所减少。我们如记住有许多文艺界的有冠帝王都同左拉一样地走近这些题材，却比他更不端庄，我们就觉得关于这个问题更不必对他多所吹求了。

推广用语的范围是一件没有人感谢的事，但年长月久，亏了那些大胆地采用强健而单纯的语句的人们，文学也才有进步。英国的文学近两百年来，因为社会上忽视表现，改变或禁用一切有力深刻的言词之倾向，很受了阻碍。倘若我们回过去检查屈塞(Chaucer)，或者就是莎士比亚也好，便可知道我们失却了怎样的表现力了。实在我们只须去看我们的英文圣书。英文圣书的文艺上的力量，大半在于此二者：其一是它的非意识的讲究风格，这个要求在成书的那时候恰巧正布满世间；其一是它的用语的简单直截无所羞耻的魄力。倘若发见圣书这件事留下给我们来做，那么无论哪一种英译本将非由非公开的学会定价很贵地出版不可，因为恐怕落在英国夫人们的手里。这是我们英国人喜欢调停的缘故，所以在一礼拜的一天里可以把一把铁铲叫作铁铲，但在别的时候却断乎不可；我们的邻人他们的心思组织得更是合理，称这种态度作“不列颠的假道学”。但是我们的心的隔壁还是水泄不通的坚固，大概说来，我们实在比那没有圣书的法国人还要弄得不行。例如我们几乎已经失却了两个必要的字“肚”与“肠”，在《诗篇》中本是用得很多而且很美妙的；我们只说是“胃”，但这个字不但意义不合，至少在正经的或诗趣的运用上也极不适宜。凡是知道古代文学或民间俗语的人，当能想起同样地单纯有力的语句，在文章上现已消失，并不曾留下可用的替代字。在现代的文章上，一个人只剩了两截头尾。因为我们拿尾闾骨做中心，以一呎[⑥]半的半径——在美国还要长一点，——画一圆圈，禁止人们说及圈内的器官，除了那打杂的胃；换言之，便是我们使人不能说着人生的两种中心的机能了。

在这样境况之下，真的文学能够生长到什么地步，这是一个疑问，因为不但文学因此被关出了，不能与人生的要点接触，便是那些愿意被这样地关出，觉得在社会限定的用语范围内很可自在的文人，也总不是那塑成大著作家的勇敢的质料所制造出来的了。社会上的用语限定原是有用的，因为我们都是社会的一员，所以我们当有一种保障，以免放肆的俗恶之侵袭。但在文学上我们可以自由决定读自己愿读的书，或不读什么亦无不可；如一个人只带着客厅里的话题与言语，懦怯地走进文艺的世界里去，他是不能走远的。我曾见一册庄严的文学杂志轻蔑地说，有一女子所作某小说乃论及那些就是男子在俱乐部中也不会谈着的问题。我未曾读过那本小说，但我觉得因此那小说似乎还可有点希望。文学当然还可以堕落到俱乐部的标准以下去，但是你倘若不能上升到俱乐部的标准以上，你还不如坐在俱乐部里，在那里谈天，或者去扫外边的十字路去。

我们的大诗人大小说家，自屈塞至菲耳丁(Fielding)，都诚实勇敢地写那些人生的重大事实。这就是他们之所以伟大、强壮地健全、光明地不朽的缘故。设若假想在他们并没有含着什么勇敢，那是错了；因为虽然他们的言语比现在更为自由，他们敢于模造那个言语使适用于艺术，使文艺更与人生接近，却已超过他们的时代了。这就是在屈塞也是如此；试把他与他同时以及后代的人相比较，试看他怎样地想和缓读者的感受性，消除“高雅”人们的抗议。在无论什么时期，没有伟大的文学不是伴着勇敢的，虽然或一时代可以使文学上这样勇敢之实现较别时代更为便利。在现代英国，勇敢已经脱离艺术的道路，转入商业方面，很愚蠢地往世界极端去求实行。因为我们文学不是很勇敢的，只是幽闭在客厅的浊空气里，所以英国诗人与小说家没有世界的势力，除了本国的上房与孩儿室之外再也没人知道。因为在法国不断地有人出现，敢于勇敢地去直面人生，将人生锻接到艺术里去，所以法国的文学有世界的势力，在任何地方只要有明智的人都能承认它的造就。如有不但精美而且又是伟大的文学在英国出现，那时我们将因了它的勇敢而知道它，倘或不是凭了别的记号。

言语有它极大的意义，因为这是人的最亲密的思想的化身。左拉的风格与方法都很单调，倘若我们知道了他的秘密，这种单调便将使他的书不堪卒读；书中所说的主旨也总是一样：便是自然生活的精力。凡是壮健者，凡是健全地丰满者，无论健全的与否凡是为猛烈的生活力所支配者，关于这些事物左拉总是说不厌的。《土地》（*La Terre*）的绝妙的开场，描写少女赶一头春情暴发的母牛，往养着种牛的田庄去，随后又引她安静的回来。这一节文章可以象征左拉的全个宇宙观了。一切的自然的力，在他看来都是迫于生殖欲而奔窜，或是满足了欲望而安息。就是那大地自身，在《萌芽》的结末里说，也孕着人类，在土内逐渐萌芽，到了一日便从坑中拥出，重新这老世界的垂亡的生命。在人与动物、机械以及一切物质上表现出来的自然力，永远在那里受孕与生殖：以这个意思为主，左拉确是收了他最大的效果，虽然其构成的分子分别看来并不是怎样优美，或有精微的见解，或是特殊的新奇。

我们在论左拉的时候，总常要想到这一件事：左拉所想做的事，大抵都有比他更能干的艺术家更好地做成了。龚枯尔兄弟推广言语的范围，并及于特殊的俗语，而且用了更精美虽然也更朦胧的艺术，直面左拉所面过的那些事实；巴尔札克（Balzac）创造同样众多而且活现的一群人物，虽然大半都从他的空想中取出；于斯曼（Huysmans）能够更巧妙地把奇异或秽恶的景象印进人家脑里；托尔斯泰更深地实现出人生来；茀罗倍耳是大胆地自然主义的，而又有着那完全的自制力，这本是应与大胆同具的东西。在茀罗倍耳那里我们又看出与左拉相同的一种冷峭。

这个冷峭是左拉著作的一种独有的特色。这正是那冷峭的力量，使他的著作具有那种优越与深刻。冷峭可以说是左拉著作的灵魂，他的对于人生的态度之表示。这个原因大抵与别的特色一样，由于他早年的贫穷以及与人生经验的隔离。在他揭出人间的残酷利己与卑劣的写法上有种凶厉的公平，一个被关出在外的人的公平。他的冷峭之酷烈在这里却与他的自制相等。他把冷峭集中于一言一笑一动的上面。

左拉的确相信一个改革过的或竟是革命过的未来

社会，但是他没有什么幻觉。他只照他所见写下一切的情形。他对于劳动阶级并无特别感情，他不曾写璞玉般的人们。这在《萌芽》里边很是明了。在这书里现代资本主义问题的各面都曾说及，那些温和的股东阶级，不能够想到此外有一个社会，大家不能靠花红过日或者有时做点慈善事业的社会；那些官吏阶级，怀着言之成理的意见，以为他们是社会所必需，责在弹压工人，维持秩序的；还有那些工人，有些变成凶恶，有些像哑口畜类地受苦，有些攀住了头领，有些狂暴的反抗，少数则盲目地夺争想得公道。

在左拉的公平里没有什么漏洞；《萌芽》里的主人公阑提亚——那个煽动家，诚实的反抗迫压，心里却是无意识地有着中产阶级的思想，——的性格逐渐的发达，似乎写得非常的正确。照左拉看来一切都是一个坏的社会组织的牺牲，自为奴的工人以至过饱的厂主：唯一的合理的办法是大扫除，把糠和稻草一并烧却，重新耕地，长出优美壮健的种族来。这是左拉的态度之当然的结论，因为他看现代社会是一个极端恶劣的集团。他对于世间男女的哀怜是无限的；他的轻蔑也是一样地无限。只有对于动物，他的怜惜才不杂着轻蔑；有几节最可纪念的文章都是讲着动物的受苦。新的耶路撒冷会成立起来，但那蒙稣的矿工决不会走到；他们将在路上争夺那中等阶级的小而气闷的别庄了。左拉把他的可怜而无情的冷嘲倾倒在柔弱无能多有过失的人之子的头上。因了这个道德的力，与他的火山似的丰富的才相联合，才使他的影响出于别个艺术家之上，虽然比较起来他们要比他更为伟大。

以后世间未必还是继续读左拉的书罢。他的工作已经完成了，但是在十九世纪已经过去之后，他还当仍有他的兴味。将来可以有许多材料，特别在日报里边，供给将来的史家去重⑦新造出十九世纪后半的社会生活。但是那材料太多了，所以将来的史家或者要比现代的更为固执而且偏颇。想要得到那时期的重要方面的一个活现公平的图画——就大体上说，是一个诚实的图画，——虽然是从外面看去，却是同时代的人所写，把所有机密或丑恶的事情都描画出来，未来的读者最好是去找左拉了。

倘若有一个十三世纪的左拉，我们将怎样喜欢呵！我们将提心吊胆地读黑死病的记事，其描写之精密有如《酒店》中的十九世纪的酒精中毒。古代农奴生活的故事，同《土地》那样详细的记录下来，当有不可比量的价值。倘若当时有了一部《银》（*L'Argent*），古代的商人与重利盘剥的债主的情形在现在当不至那样地朦胧不明了。修道院与礼拜堂还有一部分保留至今，但是没有《萌芽》这样的书存在，告诉我们那些凿取石材，堆垛起来，加以雕刻的人们的生活与思想。这样的记录怎样的可宝贵，我们只要想起屈塞的《坎德伯利故事》小引的无比的兴味，就可以明白了。

但是我们子孙的子孙，心中蓄着同样的情感却生活在截然不同的环境里，将在《路公麦凯耳丛书》的书页上，得以重复置身于灭没的世界之奇异辽远的事情之中。这是古代小说里的怎样古怪而且可怕的一页呀！

【锺校】

①“只有很少”原作“只很有少”。

②“与下意识相连界”原作“与下意相识连界”。

③“末”原作“未”。

④“泰”原作“多”，改使统一，下同。

⑤“养”原作“要”。

⑥“呎”原作“寸”。

⑦此处原衍“从”字，已删。

陀思妥也夫斯奇之小说［译文］

英国 W. B. Trites 著（《北美评论》七一七号）

近来时常说起“俄祸”。倘使世间真有“俄祸”，可就是俄国思想，如俄国舞蹈，俄国文学皆是。我想此种思想，却正是现在世界上最美丽最要紧的思想。

试论俄国舞蹈。英法德美的舞蹈，现今已将衰败，唯有尼纯斯奇（Nizhinskij）所领的俄国舞曲，十分美妙，将使舞蹈的一种艺术，可以同悲剧与雕刻并列。

正如尼纯斯奇指挥世界舞蹈家一般，世界小说家亦统受陀思妥也夫斯奇（Dostojevskij）、果戈尔（Gogolj）、托尔斯泰[①]（Ljov Tolstoj）、屠盖[②]涅夫（Turgenjev）的指挥。《罪与罚》《死魂灵》《战争与和平[③]》《父子》与世界小说比较，正同俄国舞曲和平常舞蹈一样的高下。

陀思妥也夫斯奇是俄国最大小说家，亦是现在议论纷纭的一个人。陀氏著作近来忽然复活，其复活的缘故，就因为有非常明显的现代性。（现代性是艺术最好的试验物，因真理永远现在故。）人说他曾受迭更司（Dickens）影响，我亦时时看出痕迹。但迭更司在今日已极旧式，陀氏却终是现代的，止有约翰生博士著《沙卫具传》可以相比。此一部深微广大的心理研究，仍然现代，宛然昨日所写。

我今论陀思妥也夫斯奇，止从一方面着手，就是所谓抹布的方面。要知道此句意思，先须绍介其小说《二我》（*Dvojnik*）中之一节：

> 戈略特庚（Goljadkin）断不肯受人侮辱，被人蹈在脚下，同抹布一样。但是倘若有人要将他当作抹布，却亦不难做到，而且并无危险（此事他时常自己承认），他那时就变成抹布。他已经不是戈略特庚，变成了一块不干净的抹布。却又非平常抹布，乃是有感情，通灵性的抹布。他那湿漉漉的褶叠中，隐藏着灵妙的感情。抹布虽是抹布，那灵妙的感情，却依然与人无异。

陀氏著作，就善能写出这抹布的灵魂，给我辈看。使我辈听见最下等最秽恶最无耻的人所发的悲痛声音，醉汉睡在烂泥中叫唤，乏人躲在漆黑地方说话。窃贼、谋杀老妪的凶手、娼妓、靠娼妓吃饭的人，亦都说话，他们的声音却都极美，悲哀而且美。

他们堕落的灵魂，原同尔我一样。同尔我一样，他们也爱道德，也恶罪恶。他们陷在泥塘里，悲叹他们的不意的堕落，正同尔我一样的悲叹，倘尔我因不意的灾难，同他们到一样堕落的时候。

陀氏专写下等堕落人的灵魂。此是陀氏著作的精义，又是他唯一的能事。伟大高贵的罪人，——身穿锦绣珠玉，住在白玉宫殿里，自古以来怨艾其罪，——他的心理，早已有人披露。但是醉汉（靠着他卖淫的女儿，终日吃酒），当铺主人（他十六岁的妻子，因不愿与他共处，跳楼自尽），他们灵魂中，也有可怕的美存在。陀氏就写出来给人看。

但空言无用，今且略译陀氏名文数节为证，可知陀氏能描出堕落人物，他们也有灵魂，其中还时时露出美与光明。

如世间有个堕落的灵魂，那便是摩拉陀夫（Marmeladhv）。我今所译，便是《罪与罚》中名文，摩拉陀夫的一段说话。少年学生拉科尼科夫（Raskolnikov）走进酒店，方吸啤酒，有一人同他攀谈，年纪五十以上，身穿破衣，已经半醉，却曾受过教育。此人便是摩拉陀夫。摩拉陀夫吸着烧酒，一面谈天，店主人同酒客都在旁边听他说，有时大笑，有时问他。今但摘述摩拉陀夫之言如下：

我是一口猪。但是她，她是贵妇人。我的身上，已有了畜生的印记。我妻加德林（Katerin Ivanona），她④是文明人，是官吏的女儿。我自己承认是个流氓。但我妻却有宽大的心，微妙的感情，又有教育。阿，倘是她能够可怜我呵！……但加德林虽有伟大的灵魂，却不公平。她没有一次可怜过我。但是……我的性格如此。我是一个畜生。

…………

我们住在冷屋子里。今年冬天，她受了寒，咳嗽而且吐血。当初我娶她的时候，她是个寡妇，带着三个小孩。她的前夫是步兵军官，同她逃走出来的。她敬爱她的丈夫。但这男子赌博，犯法，不久也就病死。临了并且打她。……

她丈夫死后，孤另另止剩了一身，同三个小孩在一荒僻地方。我遇见她，就在那个地方。我现在也无心来描写她那时候的苦境。……少年，我告诉你，于是我——一个鳏夫，有十四岁的一个女儿，——对她求婚，因为我看她苦难，十分伤心。她应许了我，哭哭啼啼，搓着两手。但她终竟应许了我，因为她更没别的地方可去……

十足一年，我好好的尽我义务。但我后来失

了地方，却并不是我的过失。从此[5]我便吃酒。……我们应该如何过活，我已毫不明白。

当时我的女儿，渐渐长成。她的后母如何待她，我不如不说罢了。……少年，你可相信，一个正直穷苦的少年女子，真能自食其力么？她倘没有特别技能，每日可以赚到十五戈贝（一戈贝约值一分），但便是这一点，亦……。而今小孩子饿得要死。加德林在房中走来走去，搓着手无法可施。她对女儿说："懒骨头，你一点事不做，在此过活，不羞么？"其时我睡在那里。老实说，我可实在醉了。……那时正是五点过。我见苏涅（Sonja，其女名为苏菲亚之昵称）立起来，戴上帽子，出门去了。

八点钟，她才回来。她一直走到加德林面前，不作一声，拿出三十银卢布放在桌上，便将那绿色大手巾（这块手巾，是合家公用的什物），包在头上，上了床睡下，面孔朝着墙壁，但见她肩膀和身体，都微微的发抖。——至于我呢，仍然照旧睡着。——那时，少年，我见加德林立起，一言不发，跪在苏尼契加（Sonetchka，亦苏菲亚之昵称）的小床旁边。她跪了一晚上，在女儿脚上亲吻，不肯起来。随后她们都睡熟了，互相抱着，……她们俩个都……。我……我却仍然如故，醉得动弹不得。……

谁还可怜我，像我这样的人？先生，你现在能可怜我么？……你问，为何可怜我？是的，那是毫无理由。他们止应该钉杀我，将我挂在十字架上，不应该可怜我。……但是他，知道一切，爱怜人类的上帝，他可怜我。到了世界末日，他出来说："那个女儿在哪里呢？她为了那可恨的，肺痨病的后母，同并不是她兄弟的小孩，牺牲她的身子。那个女儿在哪里呢？爱怜她的父亲，不曾嫌弃那下作的酒鬼的那女儿。"他就又说："你来。我一切赦免你了。因为你的爱力，你的罪也一切离了你。"一切的人，统要归他裁判。他将赦免一切，善的恶的，智的愚的，都被赦免。他裁判已了，轮到我们。他说："你们也来。你们酒鬼，你们乏人，你们荡子，统向我来。"我们便上前去，毫不怕惧。他又说："你们统是猪。你们都印着畜生的印记在身上。但是一样的上来。"其时那贤人智者便问："上帝呵，你为何容受他们呵？"他答说："阿，你们贤人呵，你们智者呵，我容受他们，因为他们相信自己当不起我的恩惠。"于是他张了两臂向着我们，我们都奔

> 就他，大家都哭了，明白一切了。那时人人都将明白一切。加德林，她也将明白。上帝呵，你的天国快来呵！

此是陀氏最有名的一段文字。你倘同俄国人谈起陀氏，他便热心问你，你记得《罪与罚》中摩拉陀夫的一段说话么？你点点头。他又问你读的是哪一国文，你说或英、或法、或德，他便叹着说："唉，这要从俄文读，才能完全赏鉴他的好处。"所以我对于上面摘译，十分抱歉。但我的摘译虽有许多漏略，十分拙滞，读者总可因此略知其中的精义⑥。你看陀氏能够就摩拉陀夫心弦上，弹出新声，如何美丽，如何伤心而且可怕！

摩拉陀夫的人不能得一般读者的同情。他并非少年，可望改良，因他已经五十多岁。又是个酒鬼，吃了烂醉，睡在家里，醒来便拿了他妻子的一双袜子，又偷偷的走到酒店里去，否则跟着他卖淫的女儿讨酒钱去吃酒。就是同拉科尼科夫谈天时所吃的半瓶酒，正用他女儿钱袋底里的三十戈贝买的。摩拉陀夫的人，实在不能求谅于世间一般的人。他简直止是一块抹布。但他自己觉得他的堕落。正同尔我一样，倘是我辈晚年遇着不幸，堕落到他的地步。

《罪与罚》一部小说，就是申明上文所说陀氏精义的书。这宏大长篇的小说，说一谋杀的案情。一个放债老妪同她姊妹，被一少年学生心想谋财，害了性命。这件谋杀，实在写得血泪模糊，恐怖悲哀，非常猛烈。试看老妪的姊妹被害光景，如何惨痛：

> 少年骑在她身上，手中举着斧头。那不幸妇人的唇吻间，露出那一种可哀的表情。大凡小孩受惊时，眼睛看着他所怕的东西，刚要哭出来，脸上常有这一副情形。

此后警察四面探查，犯人终于逮捕。这就是《罪与罚》结构的大略。如此案情，倘使现代小说家看见，又将如何？他们不去理他，因为太粗俗下等，看不入眼里。柯南达利（A. Conan Doyle）或来试试，将他做成一部平庸的侦探小说，亦未可知。但陀氏自出心裁，先写谋杀情形，次写侦探行动，那恐缩的犯人步步跟着他们走。如此，能够作出一种新奇的恐怖，为平庸的侦探小说中所未尝有。但却不因此新奇的恐怖，使《罪与罚》不朽。使《罪与罚》不朽者，止在书中谋财害命的犯人表示他灵魂给我们看。他的灵魂，却正同戈略特庚、摩拉陀夫一样，又正同我的或你的灵魂一样。

《克罗加耶》（*Krotkaja*）是陀氏最美的一篇短篇小说。其中说一军官，因为懦怯不敢决斗，被逐出了军队，经过[7]多年穷困耻辱之后，开了一个当铺，渐渐小康。一天有一个十六岁的美少女，来当一支不值钱的银针。她孤茕贫困，正想寻一女师的位置。当铺主人借了她几次，日日看她报上的广告，日日逐渐的绝望。（案原书第一章述初次广告云，少年女师愿旅行，俸面议，未几改曰少年女士愿任女师女伴看护妇缝女，末乃续其后曰不需俸给但求食宿，而位置终不可得云。）末次来店时，当铺主人便向她求婚。她别无依赖，没法，便应允了。

此篇结构极奇，是一篇独白（Soliloguy）的形式。当铺主人满腔悲苦，在房中且走且说，他妻子的尸首卧在两张板桌上。她因为要逃脱这不幸的婚姻，已从楼窗跳下死了。

中年的当铺主人，书中写得甚好。他对妻子的严厉，是故意的，本意却仍是为他妻子的益处。我想世界少妇，像克罗加耶一样，在老夫手中受那好意的严厉待遇者，大约不少。当铺主人实在写得甚好。但克罗加耶又加一等，真可称得杰作！

要画少女，这笔尖须蘸着神秘，清露和朝霭。其中神秘却最要紧。伊勃生（Ibsen）六十五岁时同十七岁少女有奇怪的恋爱事件之后，在希尔达（Hilda Wangel）身上，写出一极妙少女，所有神秘完全都在，克罗加耶亦是如此。但陀氏写《克罗加耶》试了两次，所以共有两篇。第一篇在《文人日记》中，篇幅甚长，将那少女细细分解。少女宛然活在纸上，但那一种朦胧可爱的神秘，却是没有，所以算不得成功。

陀氏后来改作《克罗加耶》，将分解一切删去。写得克罗加耶沉默，美，而神秘，结果乃成一完全的杰作。克罗加耶同希尔达比街上走过的明眸巧笑的少女，更觉活现，更觉多有生气。

《加拉玛淑夫兄弟》又是一部描写堕落的灵魂的小说。我以为其中最巧妙处，却是写波兰人的一节。格鲁兼加（Grutchka）为少女时，曾被一波兰人所诱，别了六七年，男子又回来访她。当初在她纯洁的眼光中，看那男子是个高尚优良的人物，即在现时，却还爱他，而且已经预备嫁他。岂料这波兰人竟是一个俗恶的骗子。他同着一个党羽回来，专来谋吞格鲁兼加的金钱。这波兰人举动，如假装财主的那拙劣计画，打瞒天诳时装出的那庄重情形，赌博作弊被人发见时那强项态度，统写得甚好。格鲁兼加知道底细，斥逐他时，他便来向她诈钱。

> 他写信来，口气很大，要立逼着借二千卢布。没有回信，他却并不失望，仍然屡次写信来

逼。口气仍旧很大，可是银数渐渐减了。他初说一百，随后说廿五，随后说十个。到临了，格鲁兼加接到一信，那两个波兰人请她借一卢布，给两人分用。

两个傲慢的冒险家，至于请求一个卢布两人分用，——这一段巧妙的描写，陀氏能够令读者发起一种思想，觉得书中人物与我们同是一样的人。这是陀氏本领，不曾失败过一次。他写出一个人物，无论如何堕落，如何无耻，但总能令读者看了叹道："他是我的兄弟。"

[译者案]陀思妥也夫斯奇（Fjodor Mikhajiovitch Dostojevskij，1821—1881）自幼患颠痫，二十七岁时以革命嫌疑判处死刑，临刑，忽有旨减等，发往西伯利亚，充苦工四年，军役六年，归后贫病侵寻，以至没世。今举其代表著作如左：

一《苦人》（*Poor People*） 一八四六年

二《死人之家》（*House of the Dead*） 一八六一至二年

三《罪与罚》（*Crime and Punishment*） 一八六六年

四《白痴》（*Idiot*） 一八六八年

五《加拉玛淑夫兄弟》（*Brother Karamazovs*）

一八七九至八〇年

以上五种可以包括陀氏全体思想。其最重要者为《罪与罚》，英法德日皆有译本各数种。汉译至今未见，亦文学界之缺憾也。

《罪与罚》记拉科尼科夫谋杀老妪前、当时及其后心理状态，至为精妙。英国培林（M. Baring）氏云：“此书作时，心理小说之名，尚未发明。但以蒲尔基（Bourget）等所著，与此血泪之书相较，犹觉黯然减色矣。”然陀氏本意，犹别有在。《罪与罚》中记拉科尼科夫跪苏涅前，曰“吾非跪汝前，但跪人类苦难之前”。陀氏所作书，皆可以此语作注释。

拉科尼科夫后以苏涅之劝，悔罪自首，判处苦工七年，流西伯利亚，苏涅偕行，拉科尼科夫向上之新生活即始于此。原文末节云：

> 七年，——不过七年！他们当初快乐，看这七年止如七日。他们不晓得，新生活不是可以白得的，须出重价去买，须要用忍耐、苦难同努力，方能得来。但是现在，一部新历史已经开端。一个人逐渐的革新，缓慢而确实的上进，从这一世界入别一未知世界的变化，这可以做一部新小说的题目。但我所要说给读者听的故事，却

在此处完结了。

在西伯利亚情状，陀氏本其一己之经验，记载甚备。至于七年后之新历史，则未着笔，托尔斯多泰乃完成之，《复活》所记纳赫鲁陀夫（Nekhludov）事是也。

《克罗加耶》凡二卷十章。上卷回忆结婚缘起，以至决绝，下卷则述改悔复和及女之自杀。其中当铺主人虽龌龊小人，然殊爱其妻，终亦改善，将闭店散财，以别求新生活。克罗加耶亦感其意，允为夫妇如初，顾终竟不能爱之，自审难于践约，遂抱圣像坠楼而死。陀氏于此，意谓虽在鄙夫，灵魂中亦有潜伏之爱，足与为善。一面又示无爱情结婚之不幸，盖女能忍其夫之憎恶，而不能受其夫之抚爱，至以死避之。原书末章当铺主人之言曰：

> 我妻，你盲了。你死了，不能再听见我的说话。你不知道，我原想把你放在如何一个乐园中呵！我心中已现出一个乐园，我亦想造个乐园给你住。或者你不爱我，但此亦无妨。倘你自己愿意，我们原可以同从前一样的相处（指决绝后别居时事），你就止同我谈天，同朋友一样。我们仍旧能够愉快，相视而笑，安乐度日。倘你或爱着别人，——这恐是必然的事情，——你可以去

同他散步，同他谈笑。我止立在路旁看着你。阿，这也无所不可，止要你肯再开一开眼，就一刻也好呵！你可能再注目看我，像几分钟前你立在这里，对我说仍为我的诚实的妻那时候呵。阿，你止要再开一开眼，一切事情，就都可明白了。

阿，虚无呵！自然呵！止有人类住在地上，同他的一切苦难。俄国古英雄说："这平原上还有一个活人么？"现在说这话的是我，不是个英雄。没有人来答应我的呼唤。他们说，太阳放生命入宇宙。他上来。人看见他。但他不是也是死的么。凡物都是死了，到处都是死人。止有人类在这里，顶上伏着个大大的沉默。这就是世界！"人呵，你们应该相爱。"这是谁说的？是谁的命令？时辰表的振子，还是蠢蠢的、恶狠狠的摆个不住。现在是早上两点钟了。她的小靴立在床边，好像在那里等她。唉，——但是，实在，……明天他们抬她去后，我却怎么了？

其言悲凉殊甚，读《克罗加耶》者，对于当铺主人，又不能不寄以同情焉。

【锺校】

①“泰”原作“多”。

②“屠盖”原作“都介”。

③“和平”原作“平和”。

④“她”原作“他”。类此者尚有数处，因文中已用“她”字，故均从改。

⑤“从此”原作“此从”。

⑥“义”原作“意”。

⑦“过”原作“道”。

俄国革命之哲学的基础［译文］

英国 Angelo S. Rappoport 著（一九一七年七月，*The Edinburlgh Review*）

人常常说十八世纪的法国哲学者，对于法国大革命，没有什么供献；即使 Rousseau 不曾著作，民主主义也早晚总要出现。不安不满足的精神，久已充满国内；一七五三年 Lord Chest Rfield 到法国时，曾说所有政府大变革以前的征候，都已存在。所以 Voltaire，Rousseau，Condorcet，Mably，Morelli 等一群人，不过是发表这隐伏的感情，叫了出来罢了。但我想，这或者不如这样说，倒较为的确：法国哲学者将新思想散布在预备好的熟地上，播了革命的种子。俄国的哲学者，对于本国，也正尽了同一的义务。俄罗斯——真的俄罗斯，不是 Ramanov 家的俄罗斯，——希望改革，已经长久了；俄国哲学家的功绩，便在指导他，使民众心里的茫漠的希望，渐渐成了形质。

加德林二世的时代，十八世纪的政治、社会、哲学各种思想，在俄国得了许多信徒。但能完全理解Voltaire与百科全书派学说的人，却很不多。只有结社的影响，较为久远。俄国秘密结社，并不违背基督教，反以此为根据；所重在个人的完成，对于政治社会的改革，还不十分置重，但在当日政治及社会思想上，也间接造成一种影响。他们竭力反抗国民的与宗教的狂信，自然不得不指出现存的弊害，判他的罪恶。他们的事业所以也就是破坏与建设两面。德国的党会，多有神秘性质；在俄国便变了一种伦理的组织的运动。聚了许多有思想、有独立的判断力的人，使他们在民众上，造成一种极大的影响。

加德林二世时党会里面，最重要的人物是Novikov。在他的报纸*Utrenyj Sujet*上，非但提倡高等的伦理思想，而且竭力攻击女王的外交政策，与因此引起的战事。他说，战争这事，除了自卫之外，是应该避忌的。加德林当初也是Voltaire的弟子，Diderot的朋友，所以也任凭他做这些博爱的事业。但法国革命起后，便变了心思了，她看了社会的独立思想的发表，都认作一种政治的煽动；所以会所一律封闭，Novikov虽然已是老年，也投入Schlüsselbury狱中了。他的著作，可以算是俄国独立思想的萌芽，希求自由的第一叫声。这思想还是蒙胧茫漠，又多偏于慈善的与伦理的一面，因为他还不敢将改造社会国家这两项，列入他的宗旨里去；但这总是一种破坏运动，在俄国造成独立的舆论，就为一切社会改革上供给一种必须的资料。

在加德林的末年，微弱的声音，要求社会改革，渐渐起来了。俄国有智识的人，受了 Rousseau 影响，知道一切的人，本来都是平等，如今看了少数的人奢华度日，多数的人饿着，觉得不甚正当。这革命思想的前驱中最有名的，是 Radishtshev，曾经模仿 Sterne 的《感情旅行》，作了一部《莫斯科圣彼得堡旅行记》。他虽然反对专制，但不敢要求政治的改变；他只注重在说田村改革的必要。他并不组织什么党会，不过发表公同的意见。那时俄国有智识的人，受了西欧的哲学、政治①、社会上各种主义的影响，大抵都是这样思想。可是他却因此终于被捕，审问之后，定了死刑；加德林算是很慈仁的，将他减罪，改为西伯利亚十年的徒刑。保罗一世将他母亲所罚的人，多放免了，也将他叫了回来。亚力山大一世又召他编订法律。但 Radishtshev 觉得自己急进的意见，不能与当日的俄国相容，绝望厌世，在一八〇二年九月自杀了。

俄国第一次真正的革命运动，要算是一八二五年的十二月党的起事。这是一群贵族军官所结的党会；

他们在抵抗那颇仑并联军占据法国的时候，吸收了西欧自由的民主思想。这时候，他们对于亚力山大一世的希望，已经完全破灭；从前的 La Harpe（译者案，此人本瑞士人，属法国查可宾党，为亚力山大一世的师傅）的弟子，于今缔结神圣同盟，变了一个极端的顽固党了。这群军官组织了一个秘密会，希望本国改行西欧自由的民主的制度。十二月十四日——十二月党的名称，便从此出，——在伊撤街行了一个示威运动。这还未成熟的革命，终于压服，流了许多血；五个首领处了绞刑，其馀的都送到矿洞里——帝制的干燥的断头台——去了。

十二月党人是俄国的革命的爱国者。他们的动机，全是对于本国的爱情，热心希望那完全的独立。他们爱俄国的过去，爱历史上自强不挠的时代，所以他们希求平民议会的复活，Novgorod 政府时代的独立强盛的再兴。十二月党虽然想采用西欧制度，但并非奴隶的模仿，原是主张依着本国情形，加以改变的。他们并不如大斯拉夫主义者一样，相信俄国有特别的使命；但对于国民的物质与精神的能力，却深信不疑。有几个主张君主立宪，有几个是纯粹的民主党人。对于当时的一派社会主义，大多数却是反对。宗教上全是自然神教的信者（Deists），他们承认，如望在俄国建设起政治和社会的新制度，只有革命这一法。这次革命虽然很残酷的压服了，可是发生了极大的影响。正如 Herzen 说，“伊撒街的炮声惊醒了全时代的人”。因为做了一个手势，便遭流徙；为了一句话，便遭绞死；俄国少年很勇敢的与专制战斗。虽然有政府的迫害，中古式的虐待苦刑，继以黑暗的压迫时代，那十二月党的思想，终于不能灭绝。好像一颗活的种子，埋在地下，等到三十年后，克利米亚战争的时候，又开起花来。

专制政治能够钳制言论，但终不能禁止思想。俄国有知识的人，虽然嘴里不能高声说出，手里不能明写，但心里仍是想着。他们缓缓的，却又极坚定的积聚思想，又传播出去。有许多人，转入绝望，有如 Lermontov 所表示的；但也有许多人积极进行，借了批评或讽刺——这一种文学，在迫压的政治底下最容易养成发达——的形式发表他们的思想。他们不能批评政府的事，又不能直说出自由思想来，所以他们便做小说及喜剧：Gogol 的《按察使》（*Revizov*）、《死灵魂》（*Mertvago Dushi*＝*Dead Souls*），Gribojedov 的《聪明的不幸》（*Groe ot Uma*＝*Misfortune Out of Cleverness*）诸书，对于官僚政治，都加以批评嘲笑。言论虽然受了钳制，但他们也想出方法，能在夹行里寄寓一种意义。俄国人因此养成了一种技术，为西欧人所不晓得的，就是翻弄那出版检查官的手段。

其时 Hegel 的哲学，初在俄国出现，得了许多徒党。从官府一方面看来，这 Hegel 学说是一种保守派的主张，所以俄国政府也便不加禁止。于是德国的玄虚飘渺的形而上学进来，替代了法国哲学家的明白简洁的、人道主义的、革命的思想。俄国社会不准像百科全书派一样的直接议论政治问题，便从德国哲学借了抽象的语言来用。这德国哲学在俄国的影响，很是有害；因为使人只是空谈理论，不着实际。但在当时也有益处；因为他使俄国思想家，因此能够用哲学的文句来说话，尼古拉一世的检查官，不大容易懂得。空想的社会主义，不主张革命，只想从道德与精神的复活上，求出人类的救济；这种思想，也瞒了检查官的眼，混进国内。这样俄国哲学家暂能绍介新思想与读者，又用隐藏的文句，讨论宗教政治的根柢，各地方都有团体发生，讨论社会与政治各问题；Aksakov、Khomjakov、Herzen、Ogarev 诸人，都在 Stankeviltsh 家中聚会。在这样空气中，十二月党播下的种子，才生了根，证明他的精神比暴力尤为坚固强大。

克利米亚的大不幸，又使社会的不满，愈加增高。但尼古拉暴死，亚力山大二世即位，人心又略安静。

政治的自由，与社会的平等诸问题公然可以讨论了。

发表这种思想最有力的人，是 Aleksandr Herzen，世间通称他为俄国的 Voltaire。他的思想，很受着 St. Simon 社会主义的影响；但关于政治的改革，却多遵十二月党的意见。他又特别注意于解放农民这件事。他于俄国革命思想上，造成一个深长的影响；但论他气质，却是破坏的，不是建设的人；是传播理想的，不是创立学说的人。他是一个艺术家，又是革命的哲学家。他想推行他的理想，用“时间”的力量，不想用凶暴的方法。因此他和他的朋友 Ogarev，都时常被人责备，说他们是消极的，不能做事，只会坐着悲叹。他们两人，曾在伦敦住过多时，发刊《北极星》与《钟》两种报章，主张各种改革，如解放农奴，废去检查官，许可言论自由等。

Herzen 的政治理想，是想合斯拉夫民族，设立一个联邦的共和国，波兰听他独立。他很赞成土地公有制；以为用了此制，将来容易改行社会主义的新制度，使俄国可以不受资本主义及中产阶级的压制。Herzen 虽不是斯拉夫国粹党，但他的意见，也以为俄国社会革命，比欧洲各国更有好的希望，因为在俄国过去的迫压，还是较少些许。别国都经了多次变革，所以个人略一行动，便被过去的遗迹绊[2]倒，阻了上进的路；俄国的个人，便没有什么“过去”来妨碍他。

Herzen 比别人更懂得他们自己国民的心理。俄国人在善恶两方面，在积极的拥护人权，与消极的顺受两方面，都是绝对的。所谓自由政治，在他们看来，不过真的民权思想的赝品。他们知道专制或民主，不知道有什么折衷，什么调和。“旧酒瓶上的新标纸”，是不能使他们满足。君主的自由政治称作立宪政体，决不是俄国人所喜的。但 Herzen 反对国家，还不如无政府主义者一般，要完全将国家废去。他赞成“国民的结合”，却尚未说到“人类的结合”。据他说，国家自身本无存在的价值，不过是人民生活的有组织的机关；所以须顺应了人民生活的发达变化而改革。国家是人民的仆役，不是人民的主人，如西欧社会党所说的一样。

亚力山大二世解放农奴的宣言，很使 Herzen 喜悦，对于俄国将来大有希望，当时有名的经济学家批评家 Tshernyshevski 也抱同一的乐观。Tshernyshevski 的哲学的意见，是以 Feuerbach 的唯物论为本；他的对于将来社会的思想，则出于 St. Simon 与 Fourier 的学说。他也与 Herzen 相同，很说乡镇土地公有制的重要。他说，在俄国这种制度人人都已晓得，容易实行社会主义；若在欧洲则土地私有制便很足为梗。所以俄国可以立时行用共产制度，即不然，也很可缩短私有制的期限。他的意见以为民众应有统辖政府的权；只因现在教育不足，所以改革只能从上而下。但要行这种改革，从下发生的一种运动，或阴谋反抗，也是必要。各国民都有自决的权，所以不但波兰应该独立，便是 Ukrain 也应听其自主。Tshernyshevski 的有名的小说《怎么好》（*Tshto djelatj = What is to be done?*），在俄国革命思想上，也有实际的影响。这书是在狱中时为《现代杂志》而作，经检查官许可出版。因此可以想见书中并无明白确定的政治理论；但关于哲学、宗教、家庭生活、私有财产诸问题，隐隐地含着许多破坏的议论。当初官僚以为这是一种平常小说；但俄国读者能从夹行里寻出意义，于是检查官发了慌，将这书又禁止没收了。

Tshernyshevski 的社会主义的思想，和对于农民问题的解决办法，成了一八六〇年以后起的一切革命主张的根本。俄国有知识的人，看出政府的无能，和他不肯废弃旧制度的情形，所以决心到人民中间去，寻出在这急剧改革上所必要的力量来。一八六一年 Majkov 发布他对于青年的宣言书，指出推翻专制，解决土地问题的绝对的必要。一八六二年土地与自由会

（Zemlja i Volja）成立。这会的目的，是在求政治的自由，改造联邦，均分土地这几件事。其时波兰革命已经发生，政府有了口实，可以大行反动的新政策。但在俄国此时，已没有什么迫害方法，能止住革命运动了。国内有知识的人，因为要避专制的毒害，多逃往外国，往瑞士的尤多；在那地方遇着西欧社会主义运动与文学的影响，受了一种新激刺，俄国革命运动愈加旺盛了。但他们还未得到一面旗帜，在这旗底下，大家可以聚集，——Perer Lavrov 便是为他们竖起这样一面旗帜的人。

Lavrov 是俄国哲学家中最有科学思想的人。他不像前代人物，看重神学或玄学上的思索，他以为哲学的目的，是在研究事实，与从事实得来的推论。所以他专心研究历史社会学的哲学，和社会伦理的组织。他所想要解决的重要问题之一，便是个人的人格。Marx 学说的枢轴，是经济的进化与生产力的发达；Lavrov 学说的中心，是个人的进步与发展。照他的哲学说来，一切进步，全靠个人的物质上、知力上、道德上的发达；又因行用正当的社会组织，实现信实与公道才能成就。Lavrov 所说的社会的幸福，实不过是造成这社会或这国家的个人的幸福；所以各人都有权利，可以变更现在社会的组织。有知识的精粹人民，从思想上得到确信，才真是历史的创造者；其馀的因袭[③]的奴隶，对于古来习俗传说，不加考察，一味盲从，都是历史以外的人物。他们或者也有教化、有知识；但他们只用这知识来拥护现在的制度，并不仔细批判，只以为古来传下来的便都是好的，所以还只可称“有教化的野蛮人”，或是“高等文化的野蛮人”。Lavrov 计算这种历史以外的人物，是主治的一班人；他们固执的不肯讲论法理，又竭力保守他们从历史的因袭上得来的特权。其馀是穷苦的劳动者；他们为生存竞争所迫，每日仅够作工，没有工夫去思想考察。他们是文明的牺牲，是人类的“罪羊”。所以这是有思想的少数人的义务，应当去启发他们，明白他们不幸的原因；使他们能协力来改造历史，向进化的路走去，使个人的自觉与社会的共存（Solidarity），同时并进。

他在《历史论集》（*Lettres Historiques*）中说道：

> 我们将到了这时期了，那时人类的理想，可以实现；个人本能的倾向，也可以使得与公众的幸福相调和。只有将人类组织成一个和合的大团体，用公益公理互相系住，这样才能造成个人的幸福。

那时人能战胜生存竞争，战胜动物世界，能够将批判思想压服自然；这乃是真的进步的根基。但要做这事，孤立的思想家，没有什么力量；他必须依托着在那里作工受苦的民众才可。凡是有知识的少数人孤立存在的时候，文化必然消灭。试引古代文化为证，其时民众居于奴隶的地位，不懂得文化的内面的意义，所以并无要护持文化的意思；所谓超人的一个等级（译者案谓贵族），自己掘了一道沟，同民众隔开，造成他自己的灭亡。反过来说，便是凡有关心个人的发展与公众的幸福的人，都应该从他们的 Pisgah 山顶（译者案，《旧约》里摩西登高望乐土的地方）下来，走进平民的大平原里，握着漂流人民的手，引导他们到乳蜜随处流着的乐土。凡是一种高等的文化，倘欲存在，必须以民治为基本；因为倘没有民众的帮助，文化必将灭亡，或遇着侵略的异族、野心的军阀，也不免立时颠覆了。

Lavrov 有名的《历史论集》在一八六八年付刊，在革命运动上，造成极大影响。这部书将从前有知识的人蒙蒙胧胧的感着的思想总结起来；对于“怎么好”这问题下了一个极明白确实的解答。Lavrov 说，有知识的人对劳动阶级应有一种义务，因为他们全仗劳动者而生存，他们自己并不生产什么物质的财富。所以他们若仍然很傲慢高贵的同民众远隔，那时他们非但自私，在社会的意义上，简直已是无价值；他们就是自己宣告了对社会的破产，对于社会的债务无力偿还了。他们对于供给物质安乐的民众的债务，只有一法可以报答，便是投身于平民中间，顺应了他们现时的需要、永久的权利与所有的力量，去启发他们。有知识的人，不可迟疑犹豫，应该提倡民主主义，打倒那武功政治，建设起一个根据公理的新社会、新秩序。Lavrov 说，现存的社会秩序，是极端的不道德。什么是“不道德”呢？对于这个问题，Lavrov 立下明决的答语，“凡阻碍个人的物质及精神的进步的发达者”，都是不道德。只有根据公理的社会，使人人为公众的幸福进步的发达起见，通力合作，纵使不能全灭人生的不幸，也竭力设法减少；这样的社会，才是合理的道德的。所以 Lavrov 是个人主义者，又同时是社会主义者。他的学说，可以与 Benoit Malon 所创的 La Socialisme Integral 相比。Lavrov 同 Malon 一样，将 Kant 的“纯粹义务”说，与唯物论派的自利说，一齐打消。他完全承认 Malon 的主张：“利他主义是我们新道德的根本，这道德既非神学的，也非玄学的，只是社会的罢了。”总而言之，Lavrov 所要求的，不在部分的改良，乃是社会的急剧的变革。实行这个变革，至必要时，激烈的手段，也可以采用。

以上所说，是Lavrov从“智识阶级的破产”说引申出来的学说；他便将此来答俄国有知识的人的疑问。但对于这个“怎么好”的问题，Mikhail Bakunin所提出的答案，又是不同。Lavrov是Malon派的社会主义者，Bakunin是无政府主义者；因此两方的意见便有点差异。Bakunin少年时候，很喜欢Hegel的哲学；这虽然也以自由说为根本，可是将他圈禁在精神的范围以内。在实际上，Hegel便为了国家，将个人牺牲了；因为他是承认国家万能的。他的学说到了俄国，无异于一种辩护专制的文章；所以Bakunin依据了Hegel哲学，觉得尼古拉一世的政治，还有理由。便是德国人所创的最激烈的主义，内中也终脱不了崇拜强力的气味。我们顺便说及，也是一件极有趣味的事。Bakunin本系“北派”，就是十二月党的一派；但那时他还不十分热心这事，不很与闻，所以事发之后，他独逃脱了多数同党的“悲壮光荣的运命”。可是俄国人人心中所有的爱自由的心，终于醒了。他弃去了Hegel的正宗学说，加入新哲学派；这派名叫“Hegel左党”，对于祖师的专制政治与宗教的理想主义，都很反对。

这新派的首领，是Strauss、Feuerbach及Bruno Bauer等。此后Bakunin的知力的世界，全为自由说所主宰。Hegel 从前教他到影像的国土、精神的地域、形而上的世界里去求自由；但现在 Bakunin 已经改变，不肯承认梦幻作为事实了。

> 那统不过是我们平常很蔑视的现实世界底暗淡的再现和怪异的夸张罢了。我们现在懂得了：神往那虚无飘渺的境界，我们在心志精神上，不但无所得而且有损，不但无所加强而且加弱。我们方才同小儿一样，同我们的梦想充塞太虚，聊以自娱的时候，一面放弃了现实的世界与我们的全存在，交给宗教上政治上经济上种种的假先知、暴君、武功家了。我们到现实的世界以外，去求理想的自由，却将自己陷入最悲惨最可羞的奴隶境遇中了。④

Bakunin 相信，除这个现实世界以外，别无世界；一切超越的概念，都是虚幻；人类只要能够摆脱一切拘束，能够得到完全幸福；他又相信尽他能力所及，帮助人类实现这希望，是他应尽的义务。

Bakunin 是唯物论者，所以他认定人类只是进化最高级的动物，思想这事物，不过是脑里的一种物质发生物。人与下等动物不同的缘故，便只因他有思想的能力与合群性：因了这两件事，所以人类比地球上一切动物都更高等，独有着一个"将来"。合群性与人类的共存，便是人的进步的第一原因。Rousseau说，人孤立时，本来完全自由，等到与同类相处，不得不牺牲他的一部分的自由了：这话其实是错的。Bakunin说：

> 人本来生就是一个野兽，一个奴隶。只有与同类相接触，生在群众中间，那时才成了人，得了自由，得到思想言语及意志的能力。倘若孤立生存着，也决不能发达这些能力了。人类的所以能够发达到了现在的地位，都应感谢过去及现今的社会公众的合群的努力。

所以人类的运命，是在合群的生存，互相扶助，战胜自然。这样一个目的，须经过长的历史进化之后，才能达到。人类的终极目的，一方面是在服从自然的法律；这却并不由于外面的强制，有天人的规定，要个人或社会服从，实只因这法律原与人性相合的缘故。在别一方面，人又当求个人的解放，脱离一切社会上要求遵守的权威，这都是自由的紧要条件，人类的将来，也就在此。“历史的真正伟大高上的目的，便是个人的真实完全的解放。”所以一切过去与因袭，都应尽数弃去；因为进步这事，就是指渐渐的脱去过去的错误。“我们的动物性，在我们的后面；我们的人性，是在我们前面：只有这人性，能给光明与温暖与我们。我们决不可回顾，应该单向前望。倘我们有时回顾过去，这目的只在看清我们从前如此，以后不要如此！”

Bakunin对于中产阶级的国家与中产阶级的社会，都很激烈的非难。他说，在劳动者与中产阶级争斗的中间，国家必然成了一种压迫的机械。他的结论，与多数社会党的意见，绝对相反，也与Lavrov不同。Lavrov的主张，是教有知识的精粹人民传播思想，养成民众，以供将来的革命及组织新国家的用；Bakunin却教全世界被压迫的人民，摆脱拘束，将人类亲手制造的两个偶像，——国家与中产阶级——从座上直撺下来。他以为国家只能保持从前的情状：一头是富，一头是贫，就是所谓现状（Statusquo）。国家又养成人类的争胜与不和。“总而言之，国家的最上的法律，就是保持国家。一切国家，自从建设之后，便为竞争战斗的根源，——国家与人民的战争，各国交互的战争；因为不是邻人弱，自己便不能强有力。”所以国家是一切内外战争的根源，其存在便是“最不合理的人性的否认”。

革命运动家的多数，都是民族主义者，如德人Lassalle、意大利人Mazzini、法人Blangui皆是；Bakunin虽然是俄国人，却为人类全体尽力。在他看来，国民种族，不过人类大洋里的一个浪头罢了，他的理想，是“人类的友善”，不是“国民的结合”。但在这一点上，他却仍然是完全俄国人的气质。Dostojevski 说：“我们俄国人至少有两个祖国，一个俄罗斯，一个欧罗巴。我们的使命，应该完全的人类的。我们努力，不仅奉事俄罗斯，也不仅斯拉夫全族，应该去奉事全人类。”

在这地方，我们可以看出 Marx 与 Bakunin 的不同。Marx 是冷静的理智家，Bakunin 虽然怀着唯物思想，却是感情家、理想家。Marx 深信公道，却不甚重自由；Bakunin 全心渴望自由。两人的气质与种性，都很有关系。Marx 虽然原是犹太人，但已完全德国化了；Bakunin 是斯拉夫人。他的性质的不同，并非由于学说的不同的缘故；其实是因为性质不同，所以学说也不同了。我们如在人类思想事业的历史上，详细考察，当能看出，许多为公众做过事业的人，都不过是理智的机械，对于个人的苦难，并不曾有什么感动。我们看出历史上几多行政家政治家经济学家哲学家宗教家，提倡各种学说方法，要为一群一族或一阶级，求物质及精神上的幸福，大抵是出于理智，不出于爱。只爱将来的世代，不爱在我们眼前活着苦着的人，不能算是真的爱。为将来的世代，未知的人民求幸福的人，他的动机或者很是崇高伟大；但正直的心理学家恐不免在他的动机中间，寻出若干野心自利或空想的分子。人心里的爱究竟是有限的；所以如将这爱分给将来无量数的人民，各个人所得的分量，便极微少了。真实的好心，真正利他的情绪，纯粹的爱：只有为个人求幸福，专心致志为一部分的人尽力，隐默无闻，不在公众与历史的面前，表白他的事业的人，他们心中才有这爱。这谦逊的真正的爱，断然不是一阶级一族一国一群的所谓救主的所能有的。这样的救主，无论他称作社会党、民族主义者、大日耳曼主义者、大斯拉夫主义者、犹太主义者，他们对于个人的受苦，不甚关心，只梦想着无量数人的幸福安乐，终于不能算是博爱家感情家理想家；他们即使不是利己家，也不过是枯燥的理智家罢了。爱全群的一部分，是在人力以内；但爱全体而轻部分，这可能算是爱？纵说是爱，也是虚空的了。兵士在濠沟中战斗，死在战场上，是因为他爱他的故乡家庭，爱他的妻子或姊妹，爱他的母亲或儿女，并不是爱未来的子孙，人为了理想而死，从来如此，现在也还如此；但这只因为那理想已成了他的生命的一部分，他的宝贵的精神的遗传或所有品，才能如此的。

Bakunin 与 Marx，斯拉夫与条顿族的代表，正可很明了的证明上面所说的事。Bakunin 天真的心同儿童一样，对于个人怀着无限的真实的爱；Marx 是一阶级的救主，是一个精粹的理智的机械身，“科学的煽动者”，“民主的狄克推多的化身”，正如 Bakunin 所说一般。[5]关于这几方面，现在不及详说；但我们倘若公平的研究民族心理，便可证明，世间所通行对于公众的爱或恨，无一不从德国发起。如科学的社会主义，万国工人协会，反犹太主义，与此外许多爱什么主义（Philisms）、恐什么主义（Phobisms）的发源地，便都是德国。

在社会革命的实行方法上，Marx 与 Bakunin 也很不同。德国人所期望的是在受过教育，能懂得他的学说的科学的根柢的人；俄国人是期望最爱自由的一般的人。Marx 相信，第一个发起社会革命的国民，当然是最进步的国家，如德国便是。（他在英国住了几时之后，似乎又改变了意见。）Bakunin 却以为最有反抗的精神与自由的本性的国民，才能够发起这革命。他不信条顿人种有自由的本性；他们都是很威严高慢的。只在腊丁与斯拉夫种中，这本性完全发达。一八七〇年普法战争的时候，Bakunin 很偏袒法国，便是这缘故，他对于万国工人协会会员，又特别对瑞士人，发表一篇热烈的演说，劝他们起兵，帮助新近发布的法兰西共和国。法国在欧洲是代表自由的国；德国却是“欧洲社会党的公敌”，因为他是“专制与反动的化身”。Bakunin 是自由的战士，他虽是无神论者，却独为自由建造说作圣堂曲，所以他恨德国，正与他的爱法国一样的深。A. Richard 说：“这俄国人，这无政府党与国家的仇敌，深知法国精神的历史及法国革命的时代精神。他爱法国，他于法国的所憎恶深感同意，于法国的不幸也深感痛苦。”⑥但 Bakunin 这样的爱法国，为什么呢？这当然不是为他的政治的势力，也不是国家。不是帝党或王党的法国，而且也不是共和的法国。他所注意的只是那伟大的国民性格，法国精神，宽大勇侠的本性，敢于推倒过去历史所拥护承认的一切权威一切古偶像的革命的举动。便是这与条顿族的文物破坏（Vandalism）显然不同的法国的偶像破坏（Iconoclasm），使 Bakunin 这样佩服。他说：

> 倘使我们失却了那历史的伟大的国，倘使法国从世界上消灭了，倘使更不幸而至于跌入泥中做毕士马克的奴隶，那时世界将大受损⑦失，立时将现出一个大的空虚；这不但是一国的灾祸，实是世界的大不幸。

因为那时高慢反动的德国，将使欧洲都受到他的迫压；无论何地，自由的萌芽，都将被摧残。德国人民没有自由的本性。他们还有方法，将万国工人协会变成一个 Sozialdemokratie（社会民主团）呢。所以凡是爱自由的，希望人道战胜兽性的，想求本国独立的人，都应该出来与闻这民治与专制的战争，这是他们的神圣的义务。

一八八四年 Plakhanov、Vera Sassoulitsh、Deutsh、Axelbrod 四个激烈派，在瑞士发起了社会民主党。他们传道的新法，是从 Marx 与 Engels 直接得来的。他们在劳动界传播 Marx 学说，预备经济的战争。从一八九一至一八九四年，在俄国中部莫斯科圣彼得堡等处，连续举[8]行了许多次的罢工。一八九五年在圣彼得堡，Lenin 与 Martov 为头，又起了大同盟罢工，有工人三十五万名，与闻这件事。

一九〇一年社会革命党重行改组，推 Lavrov 为首领。这里边最有势力的一个党员是《劳工之旗》的编辑者 Victor Tshernov。党员的多数都是高等职业的人，在官吏联合会、海陆军人联合会上，很有影响。党里又有许多农人；俄国农人多还守着古代共产制的村会（Mir），原有社会主义的倾向，所以党里很看重这一方面，就希望立刻将土地依社会主义分配。但社会民主党却不以为然，说这古代原始的共产制，须先行消灭，改成现代的资本的生产制，以便预备实行完全的社会改造；这件事业须由徐徐的进化，才能成就的。社会革命党的主张，除了土地改革之外，又包括激烈的手段在内。

一九〇七年社会民主党在伦敦开大会，因为党员意见不合，便生了分裂。这党分作两派，一是多数派（Bolsheviki），Lenin 为头；一是少数派（Menshoviki），首领是 Plekhanov，Martov，Dahn 三人。多数派不愿与开明的中产阶级联络，说他们有君主的倾向。又攻击 Plekhanov 一派，说他们对付中产阶级及贵族士官过于宽大。少数派则主张说，俄国如不先将西欧通行的政治社会制度实现，革命便不能成；在这革命运动中，开明的中产阶级，也是很有用的分子，倘将这一部分国民的同情失去，逼得他们投入反动里去，那是很危险的。这两派都各有他的主张，依了俄国人的特性，各各走往极端，至今还没有解决。

上边的一篇对于造成俄国革命的哲学思想的观察，非常简短，但我们看了，约略可以懂得现在新俄罗斯必须经过的困难情形了。我们要理会这事，单从表面考察，是无用的，所以必须去求更深的理由。说俄国革命党都是平和主义者，现在这已变成一个恶名，好像从前欧洲平和时候的称暴徒了，原是不对的：因为他们勇于攻击敌人，未尝退避，又为了主义，毫不恐惧的向牢狱、流放、苦工、死刑走去；总而言之，毕生是一个战士。“卖国者”也是一个不适用的丑恶名词（译者案，此当系指俄德讲和时世间对于俄人的恶骂），又没有正当的与心理上的证明。俄国革命党里有无卖国者，都不可知；须待将来由历史判断。现在的困难情形的原因，其实更为复杂。简约说，便是如此。——制造革命的人，无论他是哪一党，抱什么主义，对于破坏的工程，却都同心一致，至于手段方法的不同，也不关紧要。到了破坏已经成功，帝国推倒了，革命的势力里面的各分子，便又各自分散了；现在要在旧废基上，建造新房屋，那些建筑家的意见，各自纷歧，不能相合了。我们现在所见的扰乱，正是感情思想的冲突纠纷。人类虽然不至如 Babel 塔下的人，各说各的言语，但各人都有各自的思想，却是确实的了。他们又时常将伦理学上的“应该”，当作日常的“实是”，将梦想当作事实。俄国人是生就的理论家，专讲抽象的理想，又竭力的执着他们自己的理论。各种意见如立宪制、开明的中产阶级、社会主义、无政府主义、民族主义、帝国主义、人道主义、国际主义，及此外各种主义，都夹在一起，各有主张。有些俄国人单要求政治的解放，便满足了；那些人却梦想“解放政治”。这一部分的人只要将新偶像代出旧偶像，或旧建筑上加点修补，就满足了；那一部分却主张大扫除，要将所崇拜的偶像全数推倒，打扫出一片白地，预备从新建筑。这一部分的人以国民为重；那一部分又极尊重个人。第一派如 Lavrov 主张“国民的结合”；第二派如 Bakunin 则主张“人类的结合”，不分什么种族国家言语。在 Bakunin 同他的一派看来，个人是最重要的东西；社会只是精神理想的集合，他的共通的目的便是自由。人与人不相附属，各自平等；政府便没有什么事可做。俄国革命党人有许多只期望同英国一样的君主立宪，便已满足；有许多人却希望联邦的共和国，同瑞士或美国一样。还有许多人梦想正义的共和国，以 Plato 的理想国，St. Augustine 的神国，Moore 的乌托邦（Utopia），Harrington 的大洋国（Oceania），Campanella 的太阳国，Fénelon 的 Salente，与 Rousseau 所想像的社会，或古先知所说的天国为模范，可是他忘记了，连 Rousseau 自己也说，这样的国，只是神所居的；用现代的文句说明，便是超人的国土了。在这国里，没有人类降生，也没有活人生存；这国不过在空想的境中存在。梦想这空虚世界的人，只好为精灵立法，在云中建国罢了。

近三年来，我们熟闻这一句话，说“现在的战争是一个理想的战”。但这句话依了各人的思想，也可有几种解释。有的说理想的战，是指人用了枪炮互相杀伤，各求自己理想的胜利。有的却以为这是指纯粹用理想去克服人的战争。但这不是唯一的原因，使俄国许多革命党，变成平和主义者，他们同威尔逊总统一样，将德国政府与德国人民，划清界限。他们相信德国人民也能同俄国人对付 Romanov 家一样，去对付 Hohenzollern 家的。这是俄国社会民主党的意见；他们是 Marx 派，很信用德国的工人。社会革命党现在改称国民社会党，却同无政府主义者如 Kropotkin 等，对于Marx与德国社会党都不相信。他们同 Bakunin 一样，说将德国政府与德国人民划清界限，这假说是错误的；德国人是世界上最高慢反动的人民，缺乏自由的本性的。社会民主党说，“让我们同德国人讲理，便能胜利”。国民社会党却更明了的答道，“让我们先打胜了，然后讲理”。俄国的 Marx 派并且还想推广范围，将国民的战争，变成阶级的战争。他们对于欧洲的地图的改变，毫不注意，只要他们的社会改造的理想，能够从牺牲的扰乱中间，得胜成功。

俄国现在的纷扰中间，还有别一个理想从中主动，便是民治问题。民治这个字，也可依了各人意见，寻出各种解释。这民治什么时候开端？什么时候可以全占优势呢？他们说，倘使民治是现代欧洲的口号，此次对德国军国主义的胜利，便是民治主义的胜利，那时便在战争中间，即使公理还未完全胜利的时候，也应略有民治的表示了。但是，照俄国民党说，当时宣战及作战，着着进行，全没有和我们商量，我们模模胡胡的听得发表的那些规定，然而我们没有控制战争的力；我们不知道那些秘密外交与条约的内容，我们不知道政府对于国民与他的富力及未来，负着什么责任。我们听人说，此次战争，是将安放了新建筑新欧洲的基础；但我们劳动者对新建筑的意见，或未必与政府及资本家的相同。我们又听人说，此次战争，是征服时代的末期了；我们却不愿他又为一个新的武功时代的开端。我们都望推倒德国的军国主义，但政府及资本家或别有意思，为利益中产阶级起见，所以如此期望。德国的中产阶级或者也受利益，只苦了我们平民。我们俄国民党所以决心继续战争，必要使民治主义即从此刻发端，直到完全胜利而后已。只有这样办法，我们才能一面推倒德国军国主义，一面保全我们工人的将来。我们只望我国资本家也同德国的一样受窘，德国的工人也同我国的一样受益，便满足了。

这是俄国革命的各种思潮，这运动中各首领的思想理论。这都从播种革命种子的俄国哲学家 Herzen，Tshernyshevski，Lavrov，Bakunin 诸人的学说出来。我们恐以后还须经过多少时间，多少困难，才能望新俄罗斯的产生。

这一篇论文，原是两年前的著作，因为他说俄国革命思想的过去的历史，很觉简截明白，在现在还有价值，所以翻译出来，绍介与大家了。至于著者的批评，译者却颇有不能同意的处所：譬如论中太重现实而轻理想，到后来理想成了事实，那批评便也难于存立。即如他以为断不会有的德国革命，现在居然实现，便正是一个极显的例了。

一九一九年三月三十一日，译者附记。

【锺校】

①“政治”原作“治政”。

②“绊”原作“纠”。

③“袭”原作“龚”。

⑦“损”原作“捐”。

⑧原无“举”字，今增。

【原注】

④M. Nettlau, *Life Of Bakunin*, London. 1896—1899, P. 37.

⑤Preaudeaw, *Bokunine et l'Internationale*, Paris, 1911, P. 37.

⑥*Revue de Paris*, 1896. Sep-Oct, P. 148.

日本的新村

近年日本的新村运动，是世界上一件很可注意的事。从来梦想 Utopia 的人虽然不少，但未尝着手实行，有些经营过的，也因种种[①]关系不久就消灭了。俄国 Tolstoj 的躬耕，是实行泛劳动主义了；但他专重“手的工作”，排斥“脑的工作”；又提倡极端的利他，没杀了对于自己的责任：所以不能说是十分圆满。新村运动，却更进一步，主张泛劳动，提倡协力的共同生活，一方面尽了对于人类的义务，一方面也尽各人对于个人自己的义务；赞美协力，又赞美个性；发展共同的精神，又发展自由的精神。实在是一种切实可行的理想，真正普遍的人生的福音。

一九一〇年，武者小路实笃（一八八五年生）纠合了一班同志，在东京刊发《白桦》杂志，那时文学上自然主义盛行，他们的理想主义的思想，一时无人理会；到了近三四年，影响渐渐盛大，造成一种新思潮。新村的计画，便是这理想的一种实现；去年冬初，先发队十几个人，已在日向选定地方，立起新村(Atarashiki Mura)，实行“人的生活”。关于这运动的意义与事实，我极愿略为绍介；但恐自己的批判力不足，容易发生误会，所以勉力多引原文，可以比较的更易看出真相。

新村的运动，虽然由武者小路氏发起，但如他所说，却实是人类共同的意志，不过由他说出罢了。

> 我的无学，或要招识者嘲笑；但我的精神可是并无错误。我的精神，不是我一人的精神，与万人的精神有共通的地方。我所望的事，也正是万人所望的事。……我决不希望什么新奇的事，不过是已经有多人希望过了的，又有多人正希望着的事罢了。
>
> (武者小路实笃著《新村的生活》序)
>
> 我极相信人类，又觉得现在制度存立的根基，非常的浅。只要大家都真望着这样社会出现，人类的运命便自然转变。
>
> (《新村的生活》第三三页)
>
> 只要万人真希望这样的世界，这世界便能实现。 (第二一页)

因为人类的运命，能够因万人的希望而转变；现在万人的希望，又正是人类的最正当最自然的意志，所以这样的社会，将来必能实现，必要实现。

> 我所说的事，即使现在不能实现，不久总要实现的：这是我的信仰。但这样社会的造成，是将用暴力得来呢？还不用暴力呢？那须看那时个人进步的程度如何了。现在的人还有许多恶德，与这样的社会不相适合。但与其说恶，或不如说“不明”更为切当。他们怕这样的社会，仿佛土拨鼠怕见日光。他们不知道这样的社会来了，人类才能得到幸福。（第一八页）

> 新时代应该来了。无论迟早，世界的革命，总要发生；这便因为要使世间更为合理的缘故，使世间更为自由，更为“个人的”，又更为“人类的”的缘故。（第二五二页）

> 对于这将来的时代，不先预备，必然要起革命。怕惧革命的人，除了努力使人渐渐实行人的生活以外，别无方法。（第一四页）

新村的运动，便在提倡实行这人的生活，顺了必然的潮流，建立新社会的基础，以免将来的革命，省去一回无用的破坏损失。

> 人的生活是怎样呢？是说各人先尽了人生必要的劳动的义务，再将其馀的时间，做个人自己

的事。（第一百二页）

我们生在现世，总感着不安；觉得照现在情形不会长久支持下去。现在世间不公平不合理的事真多，因此不能实行人的生活的人，也便极多。

（《新村的说明》第一页）

非人的生活，便是说不能顾得健康自由寿命的生活。因为想得衣食住，苦了一生的生活。明知要成肺病，为求食计，不得不劳动；已经成了肺病，为求食计，还不能不劳动；听人家的指挥，从早晨直做得晚，没有自己的馀暇。……这等人，我们不能说他们所过的是人的生活。

（第二页）

我想人类不能享人的生活，是大错的。这错误从何而生，大约有种种缘由。简单说，便是因为他们不明白人类应该互助生活；反迷信自己不取得便宜，即要受损失的缘故。所以心想别人的不幸应该永远忍受，只要自己幸福便好。

（同上）

我们想改正别人不正不合理的生活，使大家都能幸福的过人的生活；但第一须先使自己能实行这种生活，使人晓得虽在现今世间，也有这样幸福的生活，可以随意加入。（第四页）

这便只是互助的生活。不使别人不幸，自己也可以幸福；不但如此，别人如不幸，自己也不能幸福；别人如损失了，自己也不能利益的生活。

（第五页）

我们想造一个社会，在这中间，同伴的益，便是我的益；同伴的损，便是我的损；同伴的喜，便是我的喜；同伴的悲，也便是我的悲。现今世上，都以为别人的损失，便是自己的利益；外国的损失，便是本国的利益。我们对于这宗思想的错误，想将我们的实生活，来证明他。……世上以为若非富归少数者所有，其馀都是贫民，社会便不能保存；对于这宗思想的错误，我们也想就用事实来推翻他。

（《新村的生活》第一百四页）

各人应该互相帮助，实行人的生活。现在文明进步，可以做到使一切的人，都不必有衣食住的忧虑；但实际上，现在为了衣食住在那里辛苦的人，还那么多，很是不好的事情。病人也不可不休息，应该利用以人类智力得来的方法，使他们早得回复健康。但在现在不能如此：世上因为没有钱，不能保全天命的人，不知可有多少。这都是普通的事实；但这事实却可以用人力消灭的，所以我们应该设法消灭他。据我想这最好的方法，只有各人各尽了劳动的义务，无代价的能得健康生活上必要的衣食住这一法。……这样我们才能享幸福的人的生活。

（第二二至二三页）

凡是人类，因使别人过人的生活，自己才能实行人的生活；又因自己实行人的生活，才能使别人过人的生活：这个确信，因了这回的战争，愈加明显了。……人在错误的路上走，不能得到平和。在归到正路以前，血腥的事件总将接联而起。世人不能像以前的享受平和了。这正像将一个球从坡上滚下，却等候他中途止住一样。少数的人，在多数人的不幸上，筑起自己的幸福，想享太平的福，也不可能了。一切都非用人力变成平等不可。这并不是说，叫一切的人都变成现今的劳动者，也不是都变成现今的绅士：只说一切的人都是一样的人，是健全独立的，尽了对于人类的义务，却又完全发展自己个性的人。……一切的人只要尽了一定的劳动义务，便不要忧虑衣食住。凡是不能将健全的生活所必需的衣食住给予人民的国，不能乐享太平。

（第一六至一七页）

这新社会中第一重要的人生义务，便是劳动，但与现在劳动者所做的事，内容与意义上又颇有不同。因为这劳动并非只是兑换口粮的工作；一方面是[2]对于人类应尽的义务，一方面是在自己发展上必要的手段。

我想世上如还有一个为食而劳动的人存在，那便是世界还未完全的证据。“额上滴了汗，去得你的口粮”的时代，此刻已应该过去了。……若在现代，不但如此，简直可说，为了你的口粮，卖去你的一生！这样境遇的人，不知有多少。但这正因社会制度还未长成完全的缘故。我并不诅咒劳动；但为了口粮，不得不勉强去做的劳动，应得诅咒。在人类成长上必要的劳动，应得赞美！　　　　　　（第五至六页）

我尊敬现在的劳动者，看他们虽然过度的劳动，却仍然颇高兴的度日。但我不能说，现在他们的劳动是正当，是健全。　　　　（第十页）

劳动也有几种，有我们生存上必不可缺的劳动，与不必要的劳动。现在将这必不可缺的劳动，专叫一部分的人负担，其余的人都悠游度日，虽说在现今是不得已的事情，决不是正当的事。　　　　（十一页）

食是各人共通的事，所以如为食而劳动，各人应该共同出力，才是正当，才是合宜。各人协力工作，使得负担减少，结果增多，心力体力资本都是必要。（第八页）

人类为求生存，必要一定的食物。譬如人类常食，一定要多少五谷；这若干分量的五谷，应该有人种作。但现在世上，已没有奴隶存在的理由；所以我们都有种作这食物的义务。……其他关于矿业渔业等等，我们也一样应该分担工作；这是人类为了人类的要求而劳动，极是正当的事。

（二五二页）

工场是共有的东西。各人不要愁他的衣食，可以安心劳动：男人做男的事，女人做女的事。

（十二页）

身体弱的人，如任什么工都不能做，便不劳动也可以的。……对于病人，医生与药物，都无代价。凡有在健全的人的生活上必要的东西，都无代价可以取得。各人有这样权利，便只因各人在劳动上已经尽了义务。而且各人又都替不幸的邻人代为劳动了，所以无代价的给与，毫不奇怪。

（第十三页）

一切的人都是平等。没有特别才能的人，在

一定期间，都要劳动，这是为自己，也兼为不幸的邻人而劳动。因了劳动的难易，又有区别，工作愈难，义务年限愈短。劳动的分配，由第一流的政治家经济家公平办理。个人的意志，仍然十分尊重。（第二三页）

在合理的社会里，雇用使女和工人的事，不能行了。各人都是仆役，又都是主人。劳动者这一个特别阶级，也没有了。无论什么人，都非劳动不可。只是有特别才能的人，或衰弱的人，可以免去，但这只是一种例外。（第二五七页）

那时候奴仆使女这类人，已没有了。但同胞的人类互相帮助，也可以简易的得到衣食住。不必各自煮饭，那是不经济的事。只有一处煮了饭，用自动车分送各处。屋里的扫除等，也可以用机械来做，可以简单了事。随后各人利用闲暇的工夫，可以随意再加整理。（第一九页）

劳动者便是绅士，绅士也即是劳动者；平民便是贵族，贵族也即是平民。各人虽不能任意动作，却可以没有衣食住的忧虑。大家各自独立，却有同一的精神贯通其间。协力的喜悦，与独立的喜悦，同时并尝。劳动与健康，互相调和。机械供人使用，不使人被机械使用。不必要的劳

动，竭力省节，留出工夫，使各人可以做自己的事。（第四六页）

贫富平等，并非使富人变成穷人，不过富人穷人同是一样的“人”，便同是一样的过人的生活罢了。现在的富人，不能算得在那里过人的生活。略略明白的富人，见这理想的时代到来，怕还要喜欢不迭。（第二十页）

这新社会原是人类本位的组织，但在现今社会中，不能不暂受一点拘束。所以对于国家的关系，只能如此——

古人说：“该撒的东西，还了该撒。”我们也便将国家的东西，还了国家。在国家一面，可以相信这新社会的设立，于他并无损害。税也拿出，征兵也不敢抗拒；要说的话尽说，意见也尽发表，可以非难的事，也要非难。但我们不想用暴力来抵抗暴力。（第四一页）

这解决暴力问题，实在可是难说。但他们因为“相信人类”，又如《一个青年的梦》序中所说：“我望平和的合理的又自然的，生出这新秩序。血腥的事，能避去时，最好是避去。这并不尽因我胆小的缘故，实因我愿做平和的人民。”所以新村的运动，是重在建设模范的人的生活，信托人间的理性，等他觉醒，回到合理的自然的路上来。

> 我是建设者，是新的萌芽。我们建设新的房屋；能够多造，便想在各处尽量建造。有人愿意进去住的，十分欢迎。我们的工作，是在建造比旧的还要适于人的生活的新屋。但一半也因我们自己想在这屋里生活的缘故。（第一百六页）

> 这样的时代来了，人生问题未必便能解决，但这时代未来以前，人间总不能得不被良心责难的生活。（第十五页）

关于男女道德问题，一时未能定出规约，大约是这样——

> 新社会的里面，当然没有妓女，实行一夫一妇制度；也决没有强暴的事。其间的制裁法，让大家自己去想就好了。知耻的人，比不知耻的，自然更可尊敬。……这宗问题，非实际遇见，不能预先解决。但总之金钱的力，在这些事上，决不能再作威福，这是确实的了。
>
> （第五六页）

新社会中虽不戒杀生，但纯为口腹的残害，也所不取。

> 肉食在所不禁，但菜食的人，将来总逐渐增多。也想养猪养鸡，倘大家说不必杀了来吃，不

杀也好；如有人要杀，也不必严禁。可是残酷的杀法，也不应该。……关于这宗问题，我还没有十分仔细想过。但人如有了爱，那便是猪或鸡，可也杀不下手罢。暂时或向别村买来也好，但也不能说是好事，这总凭大家的意见。我还没有感到这样深广的爱，竭力的来反对肉食。

（第五七至五八页）

新村的计画，现在虽只限于一地，又只有第一个村，但精神上原含有人类的意义，所以希望很远，将来逐渐推广，造成大同社会：那时候，新村的计画，才算完成。

这样的制度，先是分国的行了，我还梦想将来有全人类实行的一日。一切的人在自己国语之外，都能说世界语；无论到了何处，只要劳动，或是执有劳动义务期满的证据，便不要金钱，可以生活；可以随意旅行，随意游览，随意学习。这样世界，只要人类再进一步，没有不能办到的事。一个人到了无论哪里，都有同一的义务，同一的权利。先是以人类的资格而生活，更以个人的资格而生活；先在世上为了生存而劳动，更为发展自己天赋的才能而生存。……我望将来有这一个时代，各人须尽对于人类的义务，又能享个

人的自由。（第二四页）

以上是新村的理想，以协力与自由，互助与独立为生活的根本。在生物现象上虽然承认生存竞争的事实，但在人类的生活上，却不必要。

甲：这样说，是人类应该协力的生活；又是这样才能安心喜悦，幸福的过日子，你们根据了这信仰，所以立起新村来的？

乙：是的。

甲：这样，生存竞争岂不可以没有了么？

乙：在我们同伴中间，当然可以没有。

甲：照你们的主义上说来，生存竞争是错的了？

乙：我想在人间同类中，总是不应有的。

（《新村的说明》第八页）

至于实行上，现在正是发端，去年十一月才在日向的儿汤郡石河内买了一块地，建立第一新村，着手耕种。又在东京发行一种月刊《新村》，发表意见，记载情形。下面这几节，便从这月刊中抄出，可以晓得大概。

看大家在那里劳动，真是快事。从山冈上叫他们时，大家一齐答应。最有腕力的横井立刻撑小船来迎，渡过河到了大家劳动的地方。前回下种的芜菁和瓢儿菜，都已长出可爱的芽。二亩的荒地现在已很整齐的耕好，都播了种子。我到明日也可拿着锄头，同众人一起劳动，想起来很是愉快。

大家停了工作，在河中洗净了锄镰等农具，乘船回来。吃麦四米六的饭，很觉甘美。地炉中生了火，同大家闲谈，随后到楼上，拟定先发队的规则，今年年内便照着做事。——每日值饭的人五时先起，其馀的六时起来，吃过饭，七时到田里去，至五时止。十一时是午饭，下午二时半吃点心，都是值饭的人送去。劳动倦了的时候，可做轻便的工作。到五时，洗了农具归家。晚上可以自由，只要不妨碍别人的读书，十时以后息灯，这是日常的生活。雨天，上午十一时以前，各人自由，以后搓绳或编草鞋，及此外屋内可做的工作。每月五日作为休息日，各人自由。又有村里的祭日，是释迦耶稣的生日，一月一日，新村土地决定的那一天，August Rodin 的生日；又因为这样是四月直跳到十一月，所以 Tolstoj 的生日也加进去，定为祭日。就是一月一日，四月八日，八月二十八日，十一月十四日，十二月二十五日这五天，定为新村的祭日，到那时节，当想方法举行游戏。

（十二月七日武者小路实笃通信，
见《新村》第二卷一号）

早上七时大家拿了锄或斧，穿上工作的衣服，乘船出去。从清早起，只穿一件小衫劳动，毫不寒冷。横井等有时赤了膊，元气旺盛的做事。今日麦已播种了。近处的农夫同来参观的人见了我们的工作，都很惊服。午后四时起，我们动手砍丛莽，烧草原，直到太阳下山才回去。昨日照了六张照相，……其中一张，在河中大岩石上，大家都坐着。这真是美丽的地方；这大岩石，现在已由新村的人，替他定了名字，叫作 Rodin 岩（Rodin-iwa）。因为土地决定的日子，正在 Rodin 生日十一月十四日，所以作为纪念。这是一个形状很奇妙，看了很愉快的岩石。倘来参观新村，我愿意引导。

（同日今田谨吾通信）

对于这平和的运动，可是也有加害中伤的人。武者小路氏通信中又说：

据从高锅来的人说，今日《日洲新闻》上对于新村的生活，颇有微词，说很为石河内的村人所嫌恶。又有东京的匿名信，寄与高锅近处的村长，教他不许卖土地给新村的人。我想稍过几时，他们就会明白了。世间无论怎样的讲坏活，可请不必忧虑，我们不久必将渐为村人所爱。村人看见我们到了许多人，难免觉得奇怪；听说还疑心我们到这里来养狸子，将皮去卖钱呢。

（《新村》第二卷一号）

原来人生的福音，虽然为万人幸福设法，但因为他们不明白，所以免不了有许多谬见。那些村人的误会，只要晓得了真相，自然可以消除；只有执着谬误思想的政治家道德家，文人主笔一流人物，难得有觉悟的时候。武者小路氏说："太阳虽然一样的照临，但众人未必能够一样的容受他的恩惠。"又说："土拨鼠不能爱日光。这在土拨鼠是不幸，但在太阳不是不名誉。"这正是极确的话。

【锺校】

①"种种"原作"动动"。

②原无"是"字，据《新青年》增。

新村的理想与实际

新村的理想，简单的说一句话，是人的生活。这人的生活可以分为物质的与精神的两个①方面，物质的方面是安全的生活，精神的方面是自由的发展。安全的生活本是一切生物的本能的要求，人类也自然是一律的，算不得什么新理想，不过求这生活的方法与内容有点不同罢了。以前的争存，固然也有同类互助与异类相争，但同类中也一样剧烈的争斗。现在是想将生存竞争的法则加以修正，只限于人与自然力或异类的中间，若在人间同类，不但不应争斗，而且还应互助了平和的生活才是。生活的内容也与以前的不同。在这互助的平和的生活里面，什么功名富贵本已没有价值，第一重要的，还是衣食住这几件生活必要的事项。要是这几件事没有正当的解决，生活就根本上摇动，人人觉得不安，同现在情形一样。所以新村关于这个问题，特别的注重，他们主张以协力的劳动，造成安全的生活，换一句话，也就是“各尽所能、各取所需”的生活。但照新村的理想，劳动与生活这两件事，各是整个的，是不可分割的。人人有生存的权利，所以应无代价的取得衣食住，但这生活的资料，须从劳动得来，所以又应尽劳动的义务。这与平常说的“不劳动则不得食”不同。因为新村的劳动是对于人类——社会——的义务，并非将力气来抵算房饭钱。倘若说“一日不劳动，一日不得食”，那就与现今的劳动者将一日的劳动换一日的生存，把生命与劳动切片另卖，没有什么区别。在自然界中，这原是当然的法则，在特别情形底下——譬如鲁滨孙的样子，也是不得已的事情。但在现今，这种不安全的生活，是人情所不能堪的，所以想设法救正，至于办法上的困难，大约可以信托人智，容易解决。因为人的智识进步，一方面可以利用机械的力，增加出产，一方面道德思想改变，许多恶德也可减去了。大家在这村里，各依了他能力所及，拣一种工作去做，能做难重的工作，或是做的好的多，固然最好，即使只能做平常的工，也不妨事，一样的能得安全的生活——无代价的取得健康生活上必要的衣食住。譬如一个人在村里，只作了一天的工，却害了一年的病，他的待遇，在作工的一天与害病的一年里，都是一样，就是无代价的取得康健生活上必要的衣食住——及医药。他的一天的工作是他对于人类所尽的义务，他的一年的待遇是人从人类所得的权利。因为各人于自己劳动，也就为不幸的邻人劳动了，所以那不幸的病的、老的、幼的、不能劳动的人，也可以安全的生活。

新村的物质的一面的生活，完全以互助，互相依赖为本，但在精神一面的生活，却是注重自由的发展的。我们承认全人的生活，第一步是物质的满足，但我们不能就认作人生的全体。人生的目的不仅是在生存，要当利用生存，创造一点超越现代的事业，这才算顺了人类的意志，——社会进化的法则，尽了做人的职务，不与草木同腐。英国有一个人说：“与其使工人能读 Bacon（培根)，还不如使他们能吃 Bacon（火腿)。”这话固然也有一半真理，但应该知道，工人如真能有吃火腿的时候，其中也有一部分是培根的功劳。我们如得到文明的恩惠，不能不感谢创造这文明的人们。新村的理想是不但要工人能吃火腿兼读培根，还希望其中能出多少培根，来惠益人类。所以他们一面提倡互助的共同生活，一面主张个性的自由的发展。他们希望因物质文明进步的结果，每人每天只要四点钟劳动，就够用了，留出其馀的工夫，做自己的事。有特别才能的人，并可以免去工作，专心研究，因这科学或艺术的研究，其在社会上的利益，不下于生利的手的工作，所以可以相当。但倘这研究与劳动没有抵触，无免除的必要，那当然不成问题了。这个办法，有人或者疑心是不平等的，似乎一种阶级制度，实在是不然的。我们以人类的一个相对，各各平等，但实际上仍然是各各差异。性情嗜好的不等，天分的高下，专门技工的不同，都是差异，却不是阶级。阶级的不好，在于权利义务的不平等。现在权利却是平等，不过义务不同，不是量的不同，只是性质的不同。力气大的人，去伐木凿石，不很觉的辛苦，或者反以为愉快，但叫他做一问代数反很为难了。倘使强迫霉菌学家，立刻丢下显微镜，去修理马路，不但在他很是为难，而且成绩也未必能好，都是极不经济的。这原不过是两个极端的例，在这中间能够调和，放下显微镜拿起铁锤的人，自然也可以多有的。总之尊重个性，使他自由发展，在共同生活中，原是不相抵触的，因为这样才真能使人"各尽所能"，不仅是为个人的自由，实在也为的是人类的利益。

新村的理想的人的生活，是一个大同小异的世界。物质的生活是一律的，精神的生活是可以自由的。以人类分子论，是一律的，以个人论，不妨各各差异，而且也是各各差异的好。各国各地方各家族各个的人，只要自觉是人类的一分子，与全体互相理解，互相帮助而生活，其馀凡是他的国的、地方的、家族及个人的特殊性质，都可以——也是应该——尽量发展，别人也应当欢迎的。不过这小异的个性，不要与大同的人性违反就好了。譬如法国他的对于文化的贡献，都是法国人民的荣誉，也是人类的喜悦，但是那绝对的传统主义（Traditionalism）的思想，当然是例外了。倘若借口大同，迫压特殊的文化与思想，那又是一种新式的专制，不应该有的。大同与统一截然不同，文化与思想的统一，不但是不可能，也是不能堪的。假使统一的世界居然出现，大家只用数目相称，作息言动都是一样，所知道的大家都知道，不知道的大家也都不知道，无论社会进化必不可期，就是这生活的单调与沉闷，也就够难受了。所以新村的理想，这将来合理的社会，一方面是人类的，一方面也注重是个人的。

或者因此说新村是个人主义的生活。新村的人虽不曾说过他们是根据什么主义的，但照我个人的意见，却可以代他们答应一个“是”字。因为我想人类兼有自己保存与种族保存的两重本能，所以为我与兼爱都是人性里所有的，但其先如没有彻底的自觉做根本，那为我只是无意识的自私自利，兼爱实只是盲目的感情冲[2]动。愈是彻底的知道爱自己的，愈是真切的能够爱他人里的自己。王尔德（O. Wilde）在《从深渊里》（*De Profundis*）中间，曾说过基督是世界第一个人主义者，这虽然还含有别的意思，但我觉得他这话很有道理。不从“真的个人主义”立脚，要去与社会服务，便容易投降社会，补苴葺漏的行点仁政，这虽于贫民也不无小补，但与慈善事业相差无几了。

上面所说的是新村的理想的大略，但在实际上办到怎么一个情形呢？老实说，正同村里的人自白一样，现在的村还没有发达成了正式的新村。第一，他们已经设了两个村，一共不到一百亩地，现在有三十九个人在那里生活，但出产与消费还不能相抵，须仰给于村外的帮助。不过这一件事据他们预算，再过一年，可以改去了。第二，村里每月的生活费金五百元，大半须别人捐集，目下自然没有馀力，设备各种研究医疗娱乐的组织。因此表面上看来，还是一个平常的农村，其中是一般遁世的少年，在那里躬耕，享红尘外的清福，其实是大谬不然的。他们的现在的生活，因为物质力的缺乏的缘故，很是简陋，看来或有狠像中国古代的隐逸，——虽然这些详细的生活情形，我们是毫不知道，——但那精神完全是新村的，具体而微，却又极鲜明确定的，互助与独立的生活。——他们相信人如不互相帮助，不能得幸福的生活，决不是可以跳出社会，去过荒岛的生活的。他们又相信只要不与人类的意志——社会进化的法则相违反，人的个性是应该自由发展的。这种生活的可能，他们想用了自己实行的例来证明他。这件事可以说有了几分的成功，安全的生活的确定，还要略等时间的经过，其馀试验的成效多是很好。他们每天工作，现在暂定八小时，但因了自己的特别的原因，多少也自由的。工作是分工的，现在只是农作，但不是如孟子所说的并耕。他们不预备在现今经济制度底下，和资本的组织去角逐，所以不必要的剧烈劳动，在男子也努力免去，在女子更无去做的必要。他们主张“男人做男的事，女人做女的事”，但这也不过是各尽所能，不是什么阶级。村里没有行政司法等组织，也没有规定的法律训条，只以互相尊重个性为限，都可以自由言动。每月第一日开一次会议，商量本月应行的事项，总以大家了理容纳为定，不取多数决的办法。男女交际与恋爱是自由的，但结合是希望永久的，不得已的分离，当然是正当的例外。结婚的仪式，纯是亲友间披露的性质，夫妇本位的小家庭就算成立。子女仍在家庭养育，不过这资料也是公共的，所以儿童公育这制度可以不要了。现在的这问题的困难，差不多全由于现今经济制度的迫压，倘没有这迫压，便也没有困难了。就是妇女解放也是一样。嘉本特（Ed. Carpenter）在《爱的成年》上曾说过："女子的真自由，终须以社会的共同制度为基础。"这样的社会里，从前的夫妇亲子结婚家庭各名称，自然的失了旧有的坏的意义，更没有改换之必要。要是现今的社会里，即使改称夫妇作朋友，事实上的牵制还是一样的。村里工作的馀暇，都用在自修上面，现在学术研究的设备还全然缺如，科学是很难的，又因为性质的相近，大都从事于艺术上的研究与创作。这艺术的空气的普遍，的确是新村的一种特色。或者有人要说，这正表明他们是空想家，"乌托邦"的住民，也未可知。但我想这种空气，在一切的新社会里，是必要的。"生活的物质的满足，结果不免成为一种老死不相往来的静的生活。学术艺文的精神，常能使我们精神相通。"村里第二种的特色，是宗教的空气。他们对于自己的理想，都抱着很深的确信，所以共通的有一种信仰。信教全是自由，但依归哪一宗派却也没有。他们有喜欢佛陀的、孔子的，可是大多数是喜欢耶稣的教训。他们相信有神的意志支配宇宙，人要能够顺从神的意志做去，才能得真正幸福的生活，世人的圣人便是能够先知这意志，教人正当的生活的人。神的意志是这样呢，这就是人类的意志——社会进化的法则。这思想本来很受托尔斯泰的基督教的影响，但实际却又与尼采的进化论的宗教相合了。

总之新村的人不满足于现今的社会组织，想从根本上改革他，终极的目的与别派改革的主张虽是差不多，但在方法上有点不同。第一，他们不赞成暴力，希望平和的造成新秩序来。第二，他们相信人类，信托人间的理性，等他醒觉，回到正路上来。譬如一所破屋，大家商量改造，有的主张顺从了几个老辈的意思，略略粉饰便好，有的主张违反了老辈的意思，硬将屋拆去了，再建造起来。新村的人主张先建一间新屋，给他们看，将来住在破屋里的人见了新屋的好处，自然都会明白，情愿照样改造了。要是老辈发了疯，把旧屋放火烧起来，那时新屋怕也要烧在里面，或是大家极端迷信老辈，没有人肯听劝告自己改造，那时新村也真成了隐逸的生活，不过是独善其身罢了。但他不相信人类会如此迷顽的，只要努力下去，必然可以成功。这理想的、平和的方法，实在是新村的特殊的长处，但同时也或可以说是他的短处，因为他信托人类，把人的有几种恶的倾向轻轻看过了。可是对于这个所谓短处，也只有两派主义的人才可以来非难他，这就是善种学（Eugenics）家与激烈的社会主义者。我相信往自由去原有许多条的路，只要同以达到目的为目的，便不妨走不同的路。方才所说的两派与新村，表面很有不同，但是他们的目的是一样的，都是想造起一种人的生活，所以我想有可以互相补足的地方，不过我是喜欢平和的，因此赞成新村的办法罢了。

【锺校】

①“个”原作“两”。

②“冲”原作“的”。

访日本新村记

今年四月中，我因自己的事，渡到日本，当初本想顺路一看日向（Huga）的新村（Atarashiki Mura），但匆促之间竟不曾去。在东京只住了十几天，便回北京，连极便当的上野（Ueno）尚且没有到，不必说费事的远处了。七月中又作第二次的“东游”，才挪出半个月工夫，在新村本部住了四日，又访了几处支部，不但实见一切情形，并且略得体验正当的人的生活幸福，实是我平生极大的喜悦，所以写这一篇，当作纪念。

七月二日从北京趁早车出发，下午到塘沽，趁邮船会社的小汽船，上了大汽船，于六时出帆。四日大雾，在朝鲜海面停了一天，因此六日早上才到门司（Moji），便乘火车往吉松（Yoshimatsu）。当日从基隆来的汽船也正到港，所以火车非常杂沓，行李房的门口，有几个肥大波罗蜜，在众人脚下乱滚，也不知谁掉的，这一个印象，已很可见当日情形了。从门司到吉松，约二百英里，大半是山林，风景非常美妙。八代（Yatsuhiro）至人吉（Hitoyoshi）这三十英里间，真是“千峰竞秀，万壑争流”；白石（Shiraishi）与一胜地（Isshochi）两处，尤其佳胜。火车沿着溪流，团团回转，左右两边车窗，交互受着日光，又不知经过若干隧道，令人将窗户开闭不迭。下望谷间，茅[①]舍点点，几个半裸体的小儿，看火车过去，指手画脚的乱叫。明知道生活的实际上，一定十分辛苦，但对此景色，总不免引起一种因袭的感情的诗思，仿佛离开尘俗了，据实说在别一义上，他们的生活，或真比我们更真实更幸福，也未可知。但这话又与卢梭所说的自然生活，略有不同；我所羡慕的便在良心的平安，这是我们营非生产的生活的人所不能得的。过人吉十二英里到矢岳（Yadake），据地图指示，是海拔四千尺。再走十英里，便到吉松，已是七时半，暂寓驿前的田中旅馆。这旅馆虽然简陋，却还舒服，到屋后洗过浴，去了发上粒粒的煤烟，顿觉通身轻快，将连日行旅的困倦也都忘了。

吉松是鹿儿岛（Kagoshima）县下的一个小站，在重山之中，极其僻静；因为鹿儿岛线与宫崎（Miyazaki）线两路在此换车，所以上下的人，也颇不少。但市面很小。我想买一件现成浴衣，问过几家，都说没有，而且也没有专门布店，只在稍大的杂货店头放着几匹布类罢了。鹿儿岛方言原极难懂，在火车或旅馆里，虽然通用东京语，本地人却仍用方言；向商店买物，须用心问过一两遍，才能明白他说有或没有，或多少钱。杂货店的女人见顾客用东京话，却不很懂她的语言，便如乡下人遇见城里人一般，颇有忸怩之色。其实只要有一种国语通用，以便交通，此外方言也各有特具的美，尽可听他自由发展，形式的统一主义，已成过去的迷梦，现在更无议论的价值了。将来因时势的需要，可以在国语上更加一种人类通用的世界语，此外种种国语方言，都任其自然，才是正当办法；而且不仅言语如此，许多事情也应该如此的。

七日早晨忽晴忽雨，颇不能决定行止，但昨日在博多（Hakata）驿已经发电通知新村，约了日期，所以很难耽搁，便于九时半离吉松，下午二时到福岛町（Fukushimamachi），计七十八英里。从此地买票乘公共马车往高锅（Takanabe），计程日本三里余，合中国约二十里，足足走了两时间。到此已是日向国，属宫崎县，在九州东南部，一面临海，一面是山林，马车在这中间，沿着县道前进。我到这未知的土地，却如曾经认识一般，发生一种愉悦的感情。因为我们都是“地之子”，所以无论何处，只要是平和美丽的土地，便都有些认识。到了高锅，天又下雨了，我站在马车行门口的棚下，正想换车往高城（Takajo），忽见一个劳动服装的人近前问道：“你可是北京来的周君么？”我答道：“是。”他便说：“我是新村的兄弟们差来接你的。”旁边一个敝衣少年，也前来握手说：“我是横井。”这就是横井国三郎（K. Yokoi）君，那一个是斋藤德三郎（T. Saito）君。我自从进了日向已经很兴奋，此时更觉感动欣喜，不知怎么说才好，似乎平日梦想的世界，已经到来，这两人便是首先来通告的。现在虽然仍在旧世界居住，但即此部分的奇迹，已能够使我信念更加坚固，相信将来必有全体成功的一日。我们常感着同胞之爱，却多未感到同类之爱；这同类之爱的理论，在我虽也常常想到，至于经验，却是初次。新村的空气中，便只充满这爱，所以令人融醉，几于忘返，这真可谓不奇的奇迹了。

斋藤横井两君同我在高锅雇了一辆马车，向高城出发，将横井君所乘的脚踏车，缚在马车右边。原来在博多发出的至急电报，经过二十四时间才到村里，大家急忙出来；横井君先乘脚踏车到福岛町驿时，火车早到，马车也出发了，于是重回高锅，恰好遇着。

我们的车去高锅不远，又见武者小路实笃（S. Mushakoji）先生同松本长十郎（C. Matsumoto）、福永友治（T. Fukunaga）两君来接，便同坐了马车，直到高城，计程二里馀（约中国十二三里），先在深水旅馆暂息。这旅馆主人深水桑一（K. Fukamidzu）是一个五十多岁的老人，本业薪炭，兼营旅宿；当时新村的人在日向寻求土地，曾在此耽搁月馀，他听这计画，很表同情，所以对于新村往来的人，都怀厚意，极肯招待。我们闲谈一会，吃过饭，横井君到屋后的大溪里去捕鱼，一总捕到十尾鳅鱼，一匹虾，非常高兴，便将木条编成的凉帽除下，当作鱼笼，用绳扎了口。六时半一齐出发，各拿灯笼一盏，因为高城至新村所在的石河内（Ishikauchi）村，计程三里（中国十八里强），须盘过一座岭，平常总费三时间，到村时不免暗了。雨后的山路，经马蹄践踏，已有几处极难行走，幸而上山的路不甚险峻[②]，六个人谈笑着，也还不觉困难；只是雨又下了，草帽边上点点的滴下水来，洋服大半濡湿，松本君的单小衫更早湿透了。八时顷盘过山顶，天色也渐渐昏黑，在路旁一家小店里暂息，喝了几杯汽水与泉水，点起蜡烛，重复上路。可是灯笼被雨打湿，纸都酥化了，斋藤君的烛盘，中途脱落，武者先生的竹丝与纸分离，不能提了，只好用两手捧着走，我的当初还好，后来也是如此。其先大家还笑说，这许多灯笼，很像提灯行列；现在却只剩一半，连照路都不够了。下山的路，本有一条远绕的坦道，因为时候已迟，决计从小路走。这路既甚峻急，许多处又非道路，只是山水流过的地方，加以雨后，愈加荦确难行，脚力又已疲乏，连跌带走，竭力前进，终于先后相失。前面的一队，有时站住，高声叫喊，招呼我们。山下“村”里的人，望见火光，听到呼声，也大声叫道 oi！这些声音的主人，我当时无一认识，但闻山上山下的呼声，很使我增加勇气，能自支持。将到山脚，“村”里的人多在暗中来迎，匆促中不辨是谁，只记得拿伞来的是武者小路房子（Fusako）夫人，给我被上外套的似是川岛传吉（D. Kawashima）君罢了。到石河内时，已经九时半[3]，便住武者先生家中；借了衣服，换去湿衣，在楼上聚谈。这屋本是武者先生夫妇和养女喜久子（Kikuko），松本君和春子（Haruko）夫人，杉本千枝子（Sugimoto Chieko）君五人同住。当时从“村”里来会的，还有荻原中（W. Hagiwara）、弓野征矢太（S. Kiuno）、松本和郎（K. Matsumoto）诸君。大家喝茶闲话，吃小馒头和我从北京带去的葡萄干，转瞬已是十二时，才各散去。这一日身体很疲劳，精神却极舒服，所以睡得非常安稳，一觉醒来，间壁田家的妇女，已都戴上圆笠，将要出坂工作去了。

八日上午，只在楼上借 Van Gogh 和 Cézonne 的画集看。午饭后，同武者先生往“村”里去。出门向左走去，又右折，循着田塍一直到河边。这河名叫小丸川（Komarugawa），曲曲折折的流着，水势颇急，有几处水石相搏，变成很险的滩。新村所在，本是旧城的遗址，所以本地人就称作城（Jō），仿佛一个半岛。川水如蹄铁形，三面围住，只有中间一带水流稍缓，可以过渡。河面不过四五丈宽，然而很深，水色青黑，用竹篙点去，不能到底。过河循山脚上去，便是中城，村的住屋就在此，右手是马厩猪圈，左手下面还[4]有一所住屋，尚未竣工。我们先在屋里暂坐，遇见的人，除前日见过的以外，又有佐后屋（Sagoya）、土肥（Doi）、辻（Tsuji）、河田（Kawada）、宫下町子（Miyashita Machiko）、今西京子（Imanishi Keiko）诸君。这屋本是近村田家的旧草舍，买来改造的，总共十张席大的三间，作为公共住室，别有厨房与图书馆两间；女人因新筑未成，都暂住在马厩的楼上。这屋的前面，有一条新造大路，直到水边，以便洗濯淘汲。再向右走，是一片沙滩，有名的 Rodin 岩便在这里，水浅时徒涉可到，现在却浸在水中，宛然一只虾蟆，真可称天然的雕刻。从屋后拾级而上，到了上城，都是旱田，种些豆麦玉蜀黍茄子甘薯之类；右手有一座旧茅蓬，是斋藤君住宿兼用功的所在。看过一遍，复回石河内，翻阅 Goya 的画，有关于那颇仑时法西战争和斗牛的两卷，很是惊心动魄，对于人的运命，不禁引起种种感想，失了心的平和。晚间川岛荻原诸君又从村里来，在楼上闲谈，至十二时散去。

新村的土地，总共约八千五百坪（中国四十五亩地馀）；住在村里的人，这时共十九人，别有几人，因为省亲或养病，暂时出去了。畜牧一面，有母马一匹，山羊三头，猪两只，狗两只，一叫 Michi，一叫 Bebi（baby），是一种牛犬，此外还有家鸡数种。那狗都很可爱，第二次见我，已经熟识，一齐扑来，将我的浴衣弄得都是泥污了。就是那两只猪，也很知人意，见人近前，即从栅间拱出嘴来讨食吃。我们虽然还未能断绝肉食，但看了他，也就不忍杀他吃他的肉了。现在村中的出产，只有鸡卵，却仍然不够供给，须向石河内田家添买；当初每个一钱五厘，后来逐渐涨价，已到四钱，这一半固然是物价增加的影响，但大半也因为本地人的误解，以为他们是有钱人，聊以种田当作娱乐，不妨多赚几文的。此地风俗本好，不必说新村，便是石河内村，已经“夜不闭户”，甚可称叹；只有因袭的偏见，却终不能免，更无怪那些官吏和批评家了。石河内区长也有几分田地在下城，新村想要收买，区长说非照时价加倍不可，其实他钱也够多了，何必更斤斤较量，无非借此刁难罢了。耶稣说富人要进天国，比骆驼钻过针孔还难，这话确有道理，可惜他们依然没有悟。

新村的农作物，虽然略有出产，还不够自用，只能作副食物的补助。预计再过三五年，土地更加扩充，农事也更有经验，可以希望自活，成为独立的生活；这几年中，却须仗外边的寄赠，才能支持。每人每月米麦费六圆（约中国银三元半），副食物一圆，零用一圆，加上一切别的杂费，全部预算每月金二百五十圆。这项经常费，有各地新村支部的寄赠金，大略出入可以相抵；至于土地建筑农具等临时费，便须待特捐及武者先生著作的收入等款项了。我在村时，听说武者先生的我孙子（Abiko）新筑住屋，将要卖去，虽然也觉可惜，但这款项能有更好的用途，也没有什么遗憾。新村本部更在日向（详细地名是日向国儿汤郡木城局区内），其馀东京大阪京都以至福冈北海道各地，都有支部，协力为新村谋发达。会员分两种，凡愿入村协力工作，依本会精神而生活者，为第一种会员；真心赞成本会精神，而因事情未能实行此种生活者，为第二种会员。第一种会员的义务权利，一律平等，共同劳动；平时衣食住及病时医药等费，均由公共负担。第二种会员除为会务尽力之外，应每月捐金五十钱以上，“以忏除自己的生活不正当的恶”。这是现行会则的大要。照目下情形看来，这第一新村经济上勉强可以支持，世间的同情也颇不少；只是千百年来的旧制度旧思想，深入人心，一时改不过来，所以一般的冷淡与误解，也未能免。但我深信这新村的精神决无错误，即使万一失败，其过并不在这理想的不充实，却在人间理性的不成熟。“要来[5]的事，总是要来”，不过预备不同，结果也就大异。新村的人，要将从来非用暴力不能做到的事，用平和方法得来，在一般人看来，似乎未免太如意了，可是他们的苦心也正在此；中国人生活的不正当，或者也只是同别国仿佛，未必更甚，但看社会情形与历史事迹，危险极大；暴力绝对不可利用，所以我对于新村运动，为中国的一部分人类计，更是全心赞成。

九日上午，横井君来访，并将自作的诗《自然》及《小儿》二章见赠。他的话多很对，但以中国为最自然最自在的国，却未免过誉。午前同武者先生松本君等渡河至中城，刚有熊本（Kumamoto）的第五高等学校学生五人来访新村，便同吃了饭。饭是纯麦，初吃倒也甘美；副食物是味噌[6]（Miso，一种豆制的酱）煮昆布一碗，煮豆一碟。食毕，大家都去做事，各随自己的力量，并无一定限制，但没有人肯偷懒不做的。新村的生活，一面是极自由，一面却又极严格。村人的言动作息，都自负责任，并无规程条律，只要与别人无碍，便可一切自由；但良心自发的制裁，要比法律严重百倍，所以人人独立，却又在同一轨道上走，制成协同的生活。日常劳动，既不是为个人的利益，也不是将劳力卖钱，替别人做事，只是当作对于自己和人类的一种义务做去：所以作工时候，并无私利的计画与豫期，也没有厌倦。他的单纯的目的，只在作工，便在这作工上，得到一种满足与愉乐。我想工厂的工人，劳作十几小时之后，出门回家，想必也有一种愉快，但这种心情，无异监禁期满的囚人得出狱门光景，万分可怜。义务劳动，乃是自己的生活的一部分；这劳动遂行的愉快，可以比生理需要的满足，但这要求又以爱与理性为本，超越本能以上，——也不与人性冲突，——所以身体虽然劳苦，却能得良心的慰安。这精神上的愉快，实非经验者不能知道的。新村的人，真多幸福！我愿世人也能够分享这幸福！

当日他们多赴上城工作，我也随同前往。种过小麦的地，已经种下许多甘薯；未种的还有三分之二，各人脱去外衣，单留衬衫及短裤布袜，各自开掘。我和第五高等的学生，也学掘地，但觉得锄头很重，尽力掘去，吃土仍然不深，不到半时间，腰已痛了，右掌上又起了两个水泡，只得放下，到豆田拔草。恰好松本君拿了一篮甘薯苗走来，叫我帮着种植。先将薯苗切成六七寸长，横放地上，用手掘土埋好，只留萌芽二寸馀露出地面。这事很容易，十馀人从三时到六时，或掘或种，将所剩空地全已种满，都到下城 Rodin 岩边，洗了手脸，坐在石上，看 Bebi 钻下水去拣起石子来。我也在水滨拾了两颗石子，一个绿色，一个灰色，中间夹着一条白线；后来到高城时，又在山中拾得一颗层叠花纹的，现在都藏在我的提包里，纪念我这次日向的快游。回到中城在草地上同吃了麦饭，回到寓所，虽然很困倦，但精神却极愉快，觉得三十馀年来未曾经过充实的生活，只有半日才算能超越世间善恶，略识“人的生活”的幸福，真是一件极大的喜悦。还有一种理想，平时多被人笑为梦想，不能实现，就经验上说，却并非“不可能”：这就是人类同胞的思想。我们平常专讲自利，又抱着谬见，以为非损人不能利己，遇见别人，——别姓别县别省的人，都是如此，别国的人更无论了，——若不是心中图谋如何损害他，便猜忌怨恨，防自己被损。所以彼此都“剑拔弩张”，互相疾视。倘能明白人类共同存在的道理，独乐与孤立是人间最大的不幸，以同类的互助，与异类争存（我常想如能联合人类知力，抵抗霉菌的侵略，实在比什么几国联盟几国协约，尤为合理，尤为重要），才是正当的办法，并耕合作，苦乐相共，无论哪一处的人，即此便是邻人，便是兄弟。武者先生曾说：“无论何处，国家与国家，纵使交情不好，人与人的交情，仍然可以好的，我们当为‘人’的缘故，互相扶助而作事。”（《新村》第二年七月号）这话甚为有理，并非不可能的空想。我在村中，虽然已没有“敝国贵邦”的应酬，但终被当作客人，加以优待，这也就是歧视；若到田间工作，便觉如在故乡园中掘地种花，他们也认我为村中一个工人，更无区别。这种浑融的感情，要非实验不能知道；虽然还没有达到“汝即我”的境地，但因这经验，略得证明这理想的可能与实现的幸福，那又是我的极大喜悦与光荣了。

我当初的计画，本拟十日出村，因为脚力未复，只得展缓一日，而且入村以来，精神很觉愉快，颇想多留几日，倘没有非早到东京不可的事，大约连十一日也未必出村了。武者先生本要我在村中种树一株，当作纪念，约定明日去种；到了晚间，忽然大风大雨，次日也没有住，终于不能实行。武者先生便拿一卷白布，教我写几个字，以代种树；我的书法的位置，在学校时是倒数第二，后来也没有临帖，决不配写横幅单条的，但现在当作纪念，也就可以不论了。村里的一张是："子曰，仁远乎哉。我欲仁，斯仁至矣。"武者先生的一张是："子曰，内省不疚，夫何忧何惧？"这两节的文句，都是武者先生选定的；他本教我写爱读的诗，我虽然偶看陶诗，却记不起稍成片段的了，武者先生现在正研究耶稣和孔子，有《论语》在手头，便写了这两节。房子夫人的一块绫上写了我的《北风》一首诗，又将这诗的和译为松本君写了一张。村里的川岛荻原诸君，冒雨走来，在楼上闲话；到下午雨更大了，小丸川的水势增涨，过渡很难，他们便赶紧回村去了。晚间同松本君商定路程，他本要回家一走，因我适值也往东京，便约定同行，由他介绍，顺路访问各地的新村支部，预定大阪（Osaka）、京都（Kioto）、滨松（Hamamatsu）、东京（Tokio）四处；照路线所经，还有福冈（Fukuoka）、神户（Kobe）、横滨（Yokohama）三处，因为时间不足，只好作罢了。

十一日仍旧下雨，上午八时，同松本君出发，各着单衣布袜，背了提包；我的洋服和皮鞋，别装一包，武者先生替我背了。房子夫人春子夫人喜久子千枝子二君，也同行，送至高城。村里的诸君，因为川水暴涨，过来不得；我们走上山坡，望见那虾蟆形的Rodin岩已经全没水中，只露出一点嘴尖了。山上的人与村中的人，彼此呼应，一如日前到村时情景，但时间既然局促，山路又远，我们不得不离远了挥手送别的村人，赶快走路。竭力攀上山岭，路稍平易，但雨后积水很多，几处竟深到一尺，泥泞的地方，更不必说了。十一时到高城，在深水旅馆暂息，却见昨日动身的佐后屋君也还未走，听说高城高锅间与高锅福岛町间的木桥都被山水冲失了桥柱，交通隔绝了：所以我们没法，也只得在高城暂住。从楼上望去，高城的桥便在右手，缺了一堵柱脚，桥从中间折断，幸而中途抵住，所以行人还能往来，只是要乘马车，必须过桥。十二日早晨松本君往问马车行的人，才知道高锅福岛町间的桥并未冲坏，于是决计出发。我同松本佐后屋二君，雇了一台马车，武者先生千枝子君也同乘了，到了高锅，才是十时半。在店里吃过加非果物，到街上闲走，心想买几本书籍，当作火车中的消遣，但村中书店只有一家，也拣不出什么好书，缩印本夏目漱石（K. Natsume）的《哥儿》（*Botchan*）之类，要算最上品了。七月号的《我等》（*Warera*）却已寄到，其中有武者先生的剧本《新浦岛的梦》（*Shin Urashima no yume*）一篇，便买取一册，在宫崎线车中看完，是说明新村的理想的，与《改造》（*Kaize*）中的一篇《□样的草稿》（*Henna Genko*）反对战争的小说，都是很有价值的文学。十二时别了武者先生诸人，换坐马车，下午二时到福岛町驿。四时火车出发，九时至吉松换车，夜三时到大牟田（Omuda），佐后屋君别去。

十三日晨到门司，过渡至下关（Shimonoseki），乘急行车，晚十一时到大阪，茶谷半次郎（H. Chatani）君到车站来迎，便在其家寄宿。十四日上午开发（Kaihatsu）、福岛（Fukushima）、奥村（Okumura）诸君来访。下午往京都，茶谷君同行，至内藤（Naito）君家，见村田（Murata）、喜多川（Kitakawa）、小岛（Kojima）诸君，晚饭后同游丸山（Maruyama）公园。京都地方虽然也很繁盛，但别有一种闲静之趣，与东京不同，觉得甚可人意；东京的日比谷（Hibiya），固然像暴发户花园，上野虽稍好，但比丸山便不如了。回寓之后，东京的永见（Nagami）君也来了。十二时半离京都，茶谷君也回大阪，将富田（Tomida）氏译的 Whitman 诗集《草之叶》（*Leaves of Grass*）第一卷见赠。十五日上午七时到滨松，住竹村启介（K. Takemura）君外家，见河采（Kawakatsu）君。晚十时出发，十六日晨六时半抵东京驿，长岛丰太郎（T. Nagajima）、佐佐木秀光（H. Sasaki）、今田谨吾（K. Imada）诸君来迎，在休憩室稍坐，约定下午六时在支部相聚。我先到巢鸭（Sugamo）寓居，傍晚乘电车至神田太和町（Kanda Yamatocho）访新村的东京支部，到者除上列诸人以外，有木村（Kimura）、西岛（Nishijima）、宫阪（Miyazaka）、平田（Hirata）、新良（Nera）诸君共十二人，九时散归。统计十日间，将新村本部与几处支部历访一遍，虽然很草草，或者也可以略得大概。Bahaullah 说："一切和合的根本，在于相知。"这话真实不虚。新村的理想，本极充满优美，令人自然向往，但如更到这地方，见这住民，即不十分考察，也能自觉的互相了解，这不但本怀好意的人群如此，即使在种种意义的敌对间，倘能互相知识，知道同是住在各地的人类的一部分，各有人间的好处与短处，也未尝不可谅解，省去许多无谓的罪恶与灾祸。我此次旅行，虽不能说有什么所得，但思想上因此稍稍扫除了阴暗的影，对于自己的理想，增加若干勇气，都是所受的利益，应该感谢的。所以在个人方面，已很满足，写这一篇，以为纪念。但自愧表现力不充足，或不能将我的印象完全传达，这都是我的责任，不可因此误解了新村的真相。

一九一九年七月三十日在东京巢鸭村记。

【锺校】

①“茅”原作“芽”。

②“峻”原作“竣”。

③“半”原作“牛”。

④“还”原作“远”。

⑤“来”原作“求”。

⑥“噌”原作“哙”。

游日本杂感

我的再到日本与第一次相隔九年，大略一看，已觉得情形改变了不少。第一是思想界的革新，一直从前本来也有先觉的议论家和实行家，只是居极少数，常在孤立的地位，现在的形势，却大抵出于民众的觉醒，所以前途更有希望。我以为明治的维新，在日本实是一利一害。利的是因此成了战胜的强国，但这强国的教育，又养成一种谬误思想，很使别人受许多迷惑，在自己也有害。这道理本极了然，近来各方面发起一种运动，便想免去这害。其实也不单为趋利避害起见，正是时代精神的潮流，谁也不能违抗。所以除了黎明会福田博士的日本主义之外，也颇有不再固执国家主义的人，大学生的新人会尤有新进锐气。日本思想界情形，似乎比中国希望更大，德谟克拉西的思想，比在“民主”的中国更能理解传达，而且比我们也更能觉察自己的短处，这在日本都是好现象。但如上文所说，日本因为五十年来德国式的帝国主义教育，国民精神上已经很受斫丧，中国却除了历史的因袭以外，制度教育上几乎毫无新建设，虽然得不到维新的利，也还没有种下什么障碍，要行改革可望彻底。譬如建筑，日本是新造的假洋房，中国却还是一片废址，要造真正适于居住的房屋，比将假洋房修改，或者更能得满足的结果。我们所希望的，便是不要在这时期再造假洋房，白把地基糟塌。幸而从时势上看来，这假洋房也断然不能再造，不过我们警告工程师，请他们注意罢了。六月间美国杜威博士在北京讲演教育，也说到这一事。杜威博士到中国才几礼拜，就看出中国这唯一的优点，他的犀利的观察，真足教我们佩服了。

日本近来的物价增加，是很可注意的事。白米每石五六十元，鸡蛋每个金七八钱，毛豆一束七十馀钱，在中国南方只值三四分银罢了。大约较七八年前百物要贵到三倍，然而人民的收入不能同样增加，所以很觉为难，所谓无产阶级的“生活难”的呼声，也就因此而起了。若在东京并且房屋缺乏，雇工缺乏，更是困难。几个人会见，总提起寻不到住房的苦，使女的工钱从前是两三元，现在时价总在六七元以上，尚且无人应雇。许多人家急于用人，至于用悬赏的方法，倘若绍介所能为他寻到适用的使女，除报酬外，另给赏金十元。欧战时候，有几种投机事业，很得利益，凭空出了大大小小的许多成金（Narikin 即暴发财主），一方面大多数的平民却因此在生活上很受影响。平常佣工度日的人，都去进了工场，可以多得几文工资，所以工人非常增加，但现在的工场生活，也决不是人的正当生活，而且所得又仅够“自手至口”(大抵独身的人进了工场，所得可以自养，有家眷的男子便不够了)，因此罢业罢工，时有所闻。我在东京最后这几天，正值新闻印刷工同盟罢工，多日没有报看，后来听说不久解决，职工一面终于失败，这也本是意中事，无足怪的。日本近来对于劳动问题也渐渐注意，但除了几个公正明白的人（政府及资本家或以为是危险人物，也未可知）以外，多还迷信着所谓温情主义，想行点“仁政”，使他们感恩怀惠，不再胡闹。这种过时的方策，恐怕没有什么功效。人虽“不单靠着面包生活”，然而也少不了面包，日本纵然讲武士道，但在现今想叫劳动者枵腹从公，尽臣仆之分，也未免太如意了。

成金增加，一方面便造成奢侈的风气。据报上说，中元赠答，从前不过数元[1]的商品券，现在是五十元百元是常例，五百元也不算希奇。又据三越白木等店说，千元一条带，五千元一件单衣，卖行很好，以前虽有人买，不过是大仓等都会的大财主，现在却多从偏僻地方专函定买，很不同了。有些富翁买尽了邻近的几条街，将所有住民都限期勒迁，改作他的“花园”；或在别庄避暑，截住人家饮水的来源，引到自己的花园里，做几条瀑布看看，这都是我在东京这十几日间听到的事。日本世代相传的华族，在青年眼中，已经渐渐失了威严，那些暴发户的装腔作势，自然也不过买得平民的反感。成金这两个字里面，含有多量的轻蔑与憎恶，我在寓里每听得汽车飞过，呜呜的叫，邻近的小儿便学着大叫“Korosuzo Korosuzo!”（杀呀杀呀!）说汽车的叫声是这样说。阔人的汽车的功用，从平民看来，还不是载这肥重的实业家，急忙去盘算利益的，乃是一种借此在路上伤人的凶器，仿佛同军阀们所倚恃的枪刺一样。阶级的冲突，决不是好事，但这一道沟，现在不但没有人想填平，反自己去掘深他，真是可惜之至了。

人常常说，日本国民近来生活程度提高，这也是事实。贵族富豪的奢侈，固然日甚一日，还有一班官吏与绅士之流，也大抵竭力趋时，借了物质文明来增重他的身价，所以火车一二等的乘客，几乎坐席皆满，心里所崇拜的虽然仍是武士与艺妓，表面上却很考究，穿了时式洋服，吃大菜，喝白兰地酒，他们的生活程度确是高了。但事情也不能一概而论，一等乘客固然无一不是绅士，到了二等，便有穿和服，吃辨当的人了；口渴时花一枚五钱的白铜货买一壶茶喝，然而也常常叫车侍拿一两瓶汽水。若在三等车中，便大不同，有时竟不见一个着洋服（立领的也没有）的人，到了中午或傍晚，也不见食堂车来分传单，说大餐已备，车侍也不来照管，每到一个较大的站，只见许多人从车窗伸出头去，叫买辨当及茶，满盘满篮的饭包和茶壶，一转眼便空了，还有若干人买不到东西，便须忍了饥渴到第二站。卖食物的人，也只聚在三等或二等窗外，一等车前决不见有卖[②]辨当的叫喊，因为叫喊了也没有人买。穿了 frock-coat，端坐着吃冷饭，的确有点异样，从“上等”人看来，是失体统的，因此三等乘客纵使接了大餐的传单，也照样不敢跑进食堂里去。（别的原因也或为钱，或怕坐位被人占去。）这各等车室，首尾相衔的接着，里面空气却截然不同，也可以算得一件奇事了。但由我看来，三等车室虽然略略拥挤，却比一等较为舒服，因为在这一班人中间，觉得颇平等，不像“上等”人的互相轻蔑疏远。有一次我从门司往大阪，隔壁的车位上并坐着两个农夫模样的人，一个是日本人，一个是朝鲜人，看他们容貌精神上，原没有什么分别，不过朝鲜的农人穿了一身哆啰麻的短衫裤，留着头发梳了髻罢了。两人并坐着睡觉，有时日本人弯过手来，在朝鲜人腰间碰了一下，过一刻朝鲜人又伸出脚来，将日本人的腿踢了一下，两人醒后各自喃喃的不平，却终于并坐睡着，正如淘气的两个孩子，相骂相打，但也便忘了。我想倘使这朝鲜人是“上等”人，走进一等室，端坐在绅士队中，恐怕那种冰冷的空气，更要难受。波兰的小说家曾说一个贵族看人好像是看一张碟子，我说可怕的便是这种看法。

我到东京，正是中国“排日”最盛的时候，但我所遇见的人，对于这事，却没有一人提及。这运动的本意，原如学生联合会宣言所说，这是排斥侵略的日本，那些理论的与实行的侵略家（新闻记者，官僚，学者，政治家，军阀等），我们本没有机会遇到，相见的只有平民，在一种意义上，也是被侵略者，所以他们不用再怕被排，也就不必留意。他们里边那些小商人、手艺职工、劳动者，大抵是安分的人，至于农夫，尤爱平和，他们望着丰收的稻田，已很满足，决不再想到全中国全西伯利亚的土地。但其中也有一种人，很可嫌憎，这就是武士道的崇拜者。他们并不限定是哪一行职业，大抵满口浪花节（一种歌曲，那特色是多半颂扬武士的故事），对人说话，也常是“吾乃某某是也”，“这厮可恼”这类句子，举动也仿佛是台步一般，就表面上说，可称一种戏迷，他的思想，是通俗的侵略主义。《星期评论》八号内戴季陶先生说及日本浪人的恶态，也就可以当作他们的代表。这种“小军阀”不尽是落伍的武士出身，但在社会上鼓吹武力主义，很有影响，同时又妄自尊大，以好汉自居，对于本国平民也很无礼。所以我以为日本在除侵略家以外，只有这种人最可厌恶，应得排斥。他们并不直接受过武士道教育，那种谬误思想，都从浪花节、义太夫（也是一种歌曲）与旧剧上得来，这些“国粹”的艺术实在可怕。我想到中国人所受旧戏的毒害，不禁叹息，真可谓不约而同的同病了。

日本有两件事物，游历日本的外国人无不说及，本国人也多很珍重，就是武士（Samurai）与艺妓（Geisha）。国粹这句话，本来很足以惑人，本国的人对于这制度习惯了，便觉很有感情，又以为这种奇事的多少，都与本国荣誉的大小有关，所以热心拥护；

外国人见了新奇的事物，不很习惯，也便觉很有趣味，随口赞叹，其实两者都不尽正当。我们虽不宜专用理性，破坏艺术的美，但也不能偏重感情，乱发时代错误的议论。武士的行为，无论做在小说戏剧里如何壮烈，如何华丽，总掩不住这一件事实，武士是卖命的奴隶。他们为主君为家名而死，在今日看来已经全无意义，只令人觉得他们做了时代的牺牲，是一件可悲的事罢了。艺妓与游女是别一种奴隶的生活，现在本应该早成了历史的陈迹了，但事实却正相反，凡公私宴会及各种仪式，几乎必有这种人做装饰，新吉原游廓的夜樱，岛原的太夫道中（太夫读作 Tayu，本是艺人的总称，后来转指游女，游廓旧例，每年太夫盛装行道一周，称为道中），变成地方的一种韵事，诗人小说家画家每每赞美咏叹，流连不已，实在不很可解。这些不幸的人的不得已的情况，与颓废派的心情，我们可以了解，但决不以为是向人生的正路，至于多数假颓废派，更是“无病呻吟”，白造成许多所谓游荡文学，供饱暖无事的人消闲罢了。我们论事都凭个“我”，但也不可全没杀了我中的“他”，那些世俗的享乐，虽然满足了我的意，但若在我的“他”的意识上有点不安，便不敢定为合理的事。各种国粹，多应该如此判断的。

芳贺矢一（Y. Haga）著的《国民性十论》，除几篇颂扬武士道精神的以外，所说几种国民性的优点，如爱草木喜自然，淡泊潇洒，纤丽纤巧等，都很确当。这国民性的背景，是秀丽的山水景色，种种优美的艺术制作，便是国民性的表现。我想所谓东方文明的里面，只这美术是永久的荣光，印度中国日本无不如此。我未曾研究美术，日本的绘画雕刻建筑，都不能详细绍介，不过表明对于这荣光的礼赞罢了。中国的古艺术与民间艺术，我们也该用纯真的态度，加以研究，只是现在没有担任的人，又还不是时候。大抵古学兴盛，多在改造成功之后，因为这时才能觉到古文化的真正的美妙与恩惠，虚心鉴赏，与借此做门面说国粹的不同。日本近来颇有这种自觉的研究，但中国却不能如此，须先求自觉，还以革新运动为第一步。

俄国诗人 Balimon 氏二年前曾游日本，归国后将他的印象谈在报上发表，对于日本极加赞美，篇末说："日本与日本人都爱花。——日出的国，花的国。"他于短歌俳句锦绘象牙细工之外，虽然也很赏赞武士与艺妓，但这一节话极是明澈：

日本人对于自然，都有一种诗的崇拜，但一

方面又是理想的勤勉的人民。他们很多的劳动，而且是美术的劳动。有一次我曾见水田里的农夫劳作的美，不觉坠泪。他们对于劳动对于自然的态度，都全是宗教的。

这话说得很美且真。《星期评论》八号季陶先生文中，也有一节说：

只有乡下的农夫，是很可爱的。平和的性格，忠实的真情，朴素的习惯，勤俭的风俗，不但和中国农夫没有两样，并且比中国江浙两省乡下的风习要好得多。

我访日向的新村时，在乡间逗留了几日，所得印象也约略如此。但这也不仅日本为然，我在江浙走路，从车窗里望见男女耕耘的情形，时常生一种感触，觉得中国的生机还未灭尽，就只在这一班“四等贫民”中间。但在江北一带，看男人着了鞋袜，懒懒的在黄土上种几株玉蜀黍，却不能引起同一的感想，这半因为单调的景色不能很惹诗的感情，大半也因这工作的劳力不及耕种水田的大，所以自然生出差别，与什么别的地理的关系是全不相干的。

我对于日本平时没有具体的研究，这不过临时想到的杂感，算不得“觇国”的批评。我们于日本的短处加之指摘，但他的优美的特长也不能不承认，对于他的将来的进步尤有希望。日本维新前诸事多师法中国，养成了一种“礼教”的国，在家庭社会上留下种种祸害，维新以来诸事师法德国，便又养成了那一种“强权”的国，又在国内国外种下许多别的祸害。现在两位师傅——中国与德国——本身，都已倒了，上谕家训的“文治派”，与黑铁赤血的“武力派”，在现今时代都已没有立脚的地位了，日本在这时期，怎样做呢？还是仍然拿着两处废址的残材，支拄旧屋？还是别寻第三个师傅，去学改筑呢？为邻国人民的利益计，为本国人民的利益计，我都希望——而且相信日本的新人能够向和平正当的路走去。第三个师傅当能引导人类建造“第三国土”——地上的天国，——实现人间的生活，日本与中国确有分享这幸福的素质与机会。——这希望或终于是架空的“理想”，也未可知，但在我今日是一种颇强固的信念。

一九一九年八月二十日记于北京。

【锺校】

①“元”原作“圆”，改使上下文统一，下同。

②“卖”原作“买”。

图书在版编目(CIP)数据

艺术与生活/周作人著作;锺叔河编订. —长沙:岳麓书社,2019.1
ISBN 978-7-5538-0891-8

Ⅰ.①艺... Ⅱ.①周...②锺... Ⅲ.①散文集—中国—现代
Ⅳ.①I266

中国版本图书馆CIP数据核字(2018)第035482号

YISHU YU SHENGHUO
艺术与生活
周作人著作 锺叔河编订
特约编辑:鄢 琨
责任编辑:蒋 浩
责任校对:舒 舍
书籍设计:风格八号

岳麓书社出版发行
地址:湖南省长沙市爱民路47号
直销电话:0731-88804152 0731-88885616
邮编:410006

2019年1月第1版第1次印刷
开本:787mm×1092mm 1/32
印张:10.125
字数:164千字
印数:1-5 000
ISBN 978-7-5538-0891-8
定价:30.00元

承印:长沙超峰印刷有限公司

如有印装质量问题,请与本社印务部联系
电话:0731-88884129